[敬斋]
当代古典体诗词丛刊

明思集

许崇德 著

岳麓書社·长沙

序言

原来，我只知道崇德同志是一位著名法学家。一次偶然的机会，我从朋友处看到一本印制精美的《香草诗词》中收有崇德同志的旧体诗，才知道他的诗写得也很好。读了《许崇德诗草》，更感到给这位当代学者再加上诗人的桂冠，决非是溢美之词。

诗言志，「在心为志，发言为诗」（刘勰《文心雕龙·明诗第六》）。这是中国古代诗论的开山要义。崇德同志「握管裁诗三十年」，每首诗词无不是「情多感物」「义激挥毫」的结晶。《诗草》内容丰富，所涉及重大题材甚多，可以说，从中我们可以寻到我国革命和建设的足迹。例如，当日寇投降的时候，诗人用「村姑闻讯奔相告，庄汉停锄喜欲狂」的诗句，表达了对抗日战争胜利的喜悦心态；当「六届全国人大第一次会议召开」的日子，诗人用「体制初行改，前程路更回」，「运筹循马列，世纪惊风雷」的诗句，寄托了对社会主义民主政治建设的殷切希望。作为宪法修改委员会秘书处成员，崇德同志参加了一九八二年宪法的起草工作，他在《玉泉山之夜》中写道：「假日庭院寂，平楼卧室幽。逐行斟字句，对坐语喃啾。灯下词初定，纸间策已筹。宪章临十稿，尚欲益精求』，生动地记录了彭真同志找他修改宪法序言底稿的情景。香港特别行政区基本法的制定，是彪炳我国史册的大事。崇德同志作为香港特别行政区基本法起草委员会委员参加了这部法律的起草工作，当起草工作完毕时，他怀着无比激动和喜悦的心情写道：『合力同劳起草完，回看白发照衣冠。酒阑人散登车去，一夜心欢泪不干。』当七届全国人大第三次会议通过这个法律后，诗人又多次赋诗，用『满堂正气壮山河，法案威高得票多』，『百五十年蒙国耻，扫开瘴雾见山青』，『立法推敲字字珍，五年草就历艰辛』等诗句，对这件盛事进行热情洋溢的歌颂。《诗草》有多篇诗作对人妖颠倒、『乾坤旋转』的『文化大革命』进行了揭露和抨击。需要指出的是，这种揭露和批判见之于『四人帮』肆虐时期的诗作中，是难能可贵的。在《悼学生》这首五律中，诗人明确指出武斗致死的学生『死也非若所』，并用『风回几度急，花落一时稀』的曲笔道出『文革』摧残青年的真相。在《赠郭影秋校长》这首七律中，诗人用『年年骇浪忡忡过，寸寸丹心处处同』，『路线时难分左右，雾晴后始识西东』的诗句，表达了对『文革』中被打倒的郭校长的同情和敬仰。《诗草》中还有不少诗篇是歌颂四化建设和改革开放的。其中写得比较精彩的一首是为中国老年杂志社端午诗会所作的《屈原之歌》。这首诗一开头就用浪漫主义的手法把屈原写活了：『屈子驾轻烟，往来水泽边。索求真善美，上下两千年。』然后笔锋一转描写现在祖国的景象是『朝阳起』，『霞光异』，『云开散走兽，浪静转清涟』。为什么发生这样的变化？『屈子问巫咸，巫咸报喜吉：「人间四化忙，国内众心一。有才莫不珍，遍地英雄出。」』接着写屈子因祖国巨变连自己的境遇和心情也改变了：本来帝阍对屈原极其怠慢，此时却鸣玉珂欢迎他；本来宓妃对屈原无礼、违弃，此时却『依依结侣俦』。最后写屈原看到神州『葱郁杜衡茂，芳菲惠叶稠』，不禁泪如雨下，叹言志已酬，『路漫兮修远，更上一层楼』。全诗充满了颂扬社会主义现代化建设的激情。

《诗草》中也有些诗歌并不关涉重大题材，而是从小事中见大精神。如《小木板歌》，诗人在后记中写道：『数年以来，我全家五口住一间平房。子女三人走读上学，须在家自习。我的桌子让给孩子，自己找一条小木板架在坐椅的扶手之上充当写字台。问世文章皆出于此。木板之功不应埋没，故作诗记之。』诗中说：『膝上平铺腕可支，弓身局促鬓成丝。埋头走笔喧中静，绞脑寻章语出奇。陋室五人安若素，好书几卷啖如饴。自知德薄才疏浅，苦读凝神夜半时。』不知别人如何，我读了这首诗不禁阵阵心酸。谁能知道，主编、著作或参与写作二十多种书籍，发表学术文章上百篇的著名学者竟曾在这般环境中，在这片木板上著书立说的呢！我想，崇德同志不仅是歌颂这片木板，也不仅仅在写自己。他塑造的不正是我国千百万默默无闻、艰苦劳作，为社会主义建设吃的是叶，吐出的是丝，香的是草，献出的是奶的知识分子形象吗？

诗感人，主要靠内容，也要靠形式，准确地说应是内容和形式的统一。诗的语言应当是形象、精炼的语言。中国古典诗歌的语言历来讲究修辞和冶炼，『犹矿出金，如铅生银』（司空图：《诗品·洗炼》），又如把百花的蜜水酿成蜜糖，把水果的果汁提炼为果浆，客观生活要进入诗，必须经过形象化的过程，『浓缩』的过程。崇德同志的诗歌也相当讲求语言艺术，我想，至少可以举出以下几点：一是善用比喻。用有类似点的事物，同思想的对象相比，叫比喻。比喻分明喻和暗喻。《诗草》中运用明喻的如《西北行》：『大漠绿洲城似豆，高山白雪水成丝』。这是写从飞机上看，浩瀚大漠中绿洲之城像豆一般小，从祁连山流下的涓涓雪水像丝一样细。又如《雨中登张家口大境门》中『大境门前翠嶂重，关如瓶口道如封。』用『瓶口』和『封』来比喻关和道的险要就很形象。运用暗喻的如《自河北万全县上坝至张北途中》：『油麦穗抽青盏漾，胡麻花织锦茵张。』用『青盏』喻油麦穗抽荡漾，用『锦茵』喻胡麻花织铺张。又如在《〈香草诗词〉首卷编成题后》中，把诗歌和编诗隐喻为『晶莹十色满金盘，粒粒玑珠串亦难。』二是讲求炼字。炼字是指根据题旨和情景的需要，选用最恰当的字。一般说来，诗句中最重要的一个字就是谓语的中心词，把这个中心谓词选好了，诗句就变得生动形象（参见王力《诗词格律》，中华书局，一九七七年版，第一二八页）。如《访贝纳祺先生茶园》：『三间暖屋留春住，一架红花迎客来。』上句用一『留』字，把四季如春的暖房写得很有人情味；下句着一『迎』字，不但明写景，而且暗抒情，把主迎宾访的关系表现得很融洽。『留』和『迎』都是炼字。又如《游漓江》：『碧波远处，三五鹭鸟伴渔娘。』用『伴』字显出碧波的宁静，渔娘的安祥。《示外甥并序》：『欲剖舅心明母志，强思姊貌拟甥容。』因诗人姐姐战争年代牺牲前曾生有一幼婴散落老乡家，『外甥不知何许人也，音容不识，生死不明』。所以这里以姊貌拟甥容，用一『拟』字『剖舅心』，『明母志』，切境对机，十分恰切。三是对偶工整。汉语单音节词在古代汉语中占优势以及复合词中的单音词素仍具有一定独立性的特点，使对偶成为一种可形成语言音乐美、均齐美的重要修辞方式（见《实用古代汉语》，北京出版社，一九九一年版，第三八一页）。本来律诗中间四句即颔联和颈联就要求对仗，而《诗草》中一些律诗却对仗得巧妙自然。如《成都岷山饭店药膳》：『冬虫夏草和汤煮，白术黄芪夹肉烹。扁鹊好尝麋鹿脯，华佗劝进鲤鱼羹。』这里妙处在于『冬虫』『夏草』『白术』『黄芪』都是药材，『扁鹊』『华佗』都是古医，诗人顺手拈来，切贴自然。四是巧用反复。《诗草》中一些诗词经常采用的一个修辞方法是让同一词语反复出现，以加强节奏感和表达力。如《报查济民先生》：『卷收法律攻诗律，咏赞他心寄我心。』『律』、『心』重复出现，不但读起来上口，听起来悦耳，而且加深了表达效果。这类例子还有：『重雾吞山山不见，乌云贴地地无疆。』（《泰山风雨夜》）、『火吞野草烟吞树，石满边村土满城。』（《赠香港树仁学院钟期荣校长》）、『千尺岩崖千尺险，几番风雨几番晴。』（《致毛钧年》）、『我笑颠僧商品化，颠僧笑我不知商。』（《四川济公酒》）等等。

我说《诗草》是一本好的诗集，并不是说每一首诗都是精品。有个别诗作似乎追求『白描』多了一点，形象加工尚嫌不足。但是，作为一个有成就的学者，在工作繁忙之余，能数十年如一日坚持古典诗词创作，以至达到『子夜不成眠，翻身脑奋旋。得词人跃起，赤脚写诗笺』的程度，却是令人感佩的。期望崇德同志有更多更好的诗作问世！

程湘清

编者注： 本文系程湘清先生为山东文艺出版社一九九三年出版的《许崇德诗草》所撰写的序言，论许先生诗极为精当。得程先生慨允，借用以为本书序言。特向程湘清先生表示衷心的感谢。

目录

张渚偶遇

少小离家走四方，每因国破起彷徨。
某日经临张渚镇[①]，倭兵不到显安祥。
茅棚小店凭窗歇，泉水冲茶饭菜香。
忽遇三名过路客，排扉入店坐我旁。
草履布衣音语亢，腰粗膀阔气轩昂。
我问客人来何处，此行差旅或经商？
三客慨然述身世，听之不禁动我肠。
彼言从军十二载，北调南遣行伍忙。

当年八月十三日，日寇侵沪辟战场②。
狂轰滥炸楼宇毁，万户千村烧杀光。
我军浴血拼死斗，强弱悬殊难抵当。
主力撤离上海去，我团被困在四行③。
粮罄弹尽无以继，白刃出鞘贼胆伤。
八百壮士不畏死，四行孤军远名扬。
四行仓库贴租界④，东门可进英占区。
英方纳我弃枪入，始免充为日寇鱼。
集中营里无烽火，貌似平安实不安。
暗流汹险非思料，谋杀团长谢晋元。

国际风云多变幻，太平洋上起硝烟。
美英日本交战国，租界归日势必然。
我团落入日军手，因役樊笼苦难言。
移送抚顺开煤矿，刀枪之下作劳工。
肚腹空虚无体力，鞭笞凌辱恨填胸。
三人密谋逃亡策，九死一生离虎熊。
跋山涉水关隘险，昼伏夜行西复东。
辗转飘蓬千里路，欲寻旧部望收容。
我侪如能回前线，誓将杀敌立新功。

听罢三人陈曲臆，翻腾热血泪淙淙。
停觞持酒趋前祝，齿幼言稚表寸衷。
素仰孤军忠祖国，今朝有幸识英雄。
我虽年小才能薄，忧国忧民志向同。
此去前程应美好，分头报国驾长风！

注：

①张渚镇，位于江苏宜兴山区，跨苏浙皖三省，当时是日占区进入未沦陷地区的潜行通道。

②七七事变，日本在卢沟桥发动侵华战争，八月十三日，日军又攻打上海，威逼当时的首都南京。

③四行，即四行仓库，乃一座极其坚固的建筑，建于一九一三年，全称四行信托部沪分部仓库，建成后被用作金城、大陆、盐业、中南四个银行储蓄会的堆栈。国民革命军谢晋元部八百壮士，曾在此鏖战四昼夜。

④四行仓库位置在西藏北路与苏州河交叉的十字口之西北角上。仓库的东墙和北墙外就是英国租界，故称「贴租界」。

一九四四年二月作

日寇投降

由县回来卖菜郎，确言驻寇已缴枪①。
村姑闻讯奔相告，庄汉停锄喜欲狂。
八载生灵遭涂炭，百年孽债待清偿。
投降或系求存计，宁要提防东海狼。

注：
①蛰居乡镇，消息不灵。日本投降的消息是由县城回来的人传开的。

一九四五年九月一日作

回忆上海失守后夜过淞沪战场

一九三七年，日寇侵华，战争激烈。是年冬，我随母亲逃难，夜过淞沪战场，此情此景给我幼小的心灵刻下不可磨灭的印象，故追记焉。

烽烟已转向西移，此地空存铁棘篱。
沃土辽宽无草木，战壕横竖走鼯狸。
霜浓白骨遗尸冷，月黑腥风带血吹。
我念中华多壮士，悲歌慷慨舍身时。

一九四五年九月一日作

富春江夜行

扁舟逐水流，新月挂山头。
两岸松林阔，清凉好个秋。

一九四五年九月二十六日作

严子陵钓鱼台

垂钓无长线①，鱼儿任往来。
高山安可仰，笑语过平台。

注：

①严子陵钓鱼台位于浙江建德富春江边，钓台在半山腰上，离水面数十丈，故谓之『无长线』。

一九四五年九月二十七日作

嘉兴游落帆亭

名师留墨小山巅①，人远诗雄亭翼然。
五邑岚光收眼底，三湖帆影落檐前。
家乡水土鱼粮足，闾户桑蚕绢缎妍。
我坐亭中歌复啸，少年有志夺云天。

注：

①名师，指前清举人、江浙名士盛亮夫先生，是作者年青时写诗的启蒙老师。落帆亭之对联系盛亮夫先生手迹。

一九四六年六月三日作

自励

生逢乱世溺尘埃，悲雨秋风意不灰。
快乐每从劳苦得，便宜多自吃亏来。
欲除烦恼常忘我，专志诗文莫羡财。
古训其中能益性，省身日久获滋培。

一九四六年六月十日作

秋波媚　嘉兴南湖

春早寒消友相招，船女橹轻摇。鸳鸯湖上，浅红嫩绿，烟雨楼桥。

登高眺望樽前笑，玉树系兰桡。流年似水，团圆难得，莫负良朝。

后记：

我在嘉兴中学读书，某日，潘崇義挈友从松江来，乃招老同学钱永年、陆家骐等数人同游南湖。

一九四六年七月作

眼儿媚　南湖重泛

我自嘉兴高中毕业，离校返乡前结伴重游南湖。

重泛南湖熟菱时，击桨小艇驰。波清水暖，解衣游泳，笑浪风吹。

浓荫结翠天光蔽，绿柳挂如丝。学程已毕，折花赠远，明日分离。

一九四六年七月十日作

唐多令　失学家居

萧瑟苦西风，江边满树红。对斜阳懒整诗筒。郁郁神情何日了，闲握笔，不求工。

灯下忆飘蓬，客归如梦中。想往时多少豪雄。今则合应重振作，心底事，问苍穹！

一九四六年十一月八日作

记某友于梦中与恋人诀别（二首）

其一

梦里别娇娃，心神似乱麻。
醒来犹抽噎，泪湿枕衣花。

其二

梦乃日所思，何必苦猜疑。
世上原无事，痴人自惑之。

一九四六年十一月九日作

思故乡

空楼抱卷夜钟迟，心在江南桑万枝。
劫后黎民兴业苦，街头物价脱缰驰。
欲除时弊忧无计，愧对乡亲托有思。
客里迎春春又去，飘零何日卜归期？

一九四七年八月作

自遣

操劳竟日累如牛，蚊蚋骚侵夜未休。

一袭粗衫轻富贵，三餐粝食抵珍馐。

航遍学海寻真理，读破书山出自由。

羸弱之躯持傲骨，不因利禄作劳囚。

一九四七年八月二十日作

摸鱼子 为同学谢惠芬作

忆红桥露珠侵冷，栏杆斜靠人悄。多情缄默和春住，背向镜平池沼。听夜鸟，说梦幻、人间何必添烦恼。行云杳杳。也去过他乡，旧时相识，烟雨水边绕。

西窗晓，客里柔肠莫寄，凭空钟爱娇小。眷恋不管伊真假，媚眼料是心巧。魂魄扰，暗叹息、天涯广漠知音少。相思未了。待闭锁楼头，垂杨袅袅，墙外笛声好。

一九四七年九月十二日作

梦江南　为失恋者某友代拟愁思

多少恨，反目竟无情。骤雨作威风作虐，
柳眉如剑颊如冰，粉脸气横盈。
多少怨，欲语不成声。怕对朱唇挑利齿，
忍从曲臆发哀鸣，苦味莫能名。
应记住，月下并摩肩。带水秋波娇欲滴，
含香软玉怀中怜，细语扣心弦。
空有此，饮恨写诗笺。只怪秋风云易散，
更悲蒲柳性难坚，芳影隔尘烟。

一九四七年十一月七日作

西江月　赠同学陈某

未去南轩窥察，哪来妙句填词？隔墙动静我全知，这个怎生易易。

虚假浑夸真有，欢娱故托愁思。假真愁乐总因痴，一笑人间万事。

后记：

一九五〇年某月某夜，陈君与其女友嬉逐于南轩，不巧被假山石绊倒，跌入池中。陈湿漉漉回宿舍就寝，同室学友询之，陈支吾搪塞，不露真情。翌晨其女友宣扬其落水事，众皆笑。而陈犹抵赖，并与女友争吵。我乃填《西江月》一首戏赠之。

一九五〇年五月二十九日作

临江仙　夏日

闲便低垂纱帐，醒来懒着轻罗。日长天气怎消磨？风吹千页乱，指拨六弦和。窗口临高危坐，看伊排草经过。转身笑说要听歌。为君弹一曲，君意感如何①。

注：

①夏日凭窗高坐，弹吉他排遣假期。俞婷婷爱唱歌，常为之弹奏。

一九五〇年八月九日作

赠苏联专家

中华立国先，凡事效苏联。

我土兴教育，彼邦派俊贤。

人文诸学说，马列一心传。

法制新观点，须同实际连。

一九五二年二月十七日作

意外

山下乱云驰，山中自旷怡。
不知愁起处，正是忘忧时。

后记：

夏，我临时被派遣到山东泰安城关乡工作。某日，登东岳泰山。一位平时熟识的本村姑娘自愿陪作向导。及至山顶，忽雷电交加，大雨倾盆，久久不停。我被阻山上不能下来，遂与村姑分别借宿在山上两户农民家。翌日天晴，两人会合后匆忙下山。岂料山下的村子里已流言纷纷，不堪入耳。我有口难辩，内心忧闷，抑郁中写了此绝句。后来，山上农家多人挺身而出，强力作证，得明真相。可见流言真可畏也。

一九五三年八月二十七日作

泰山风雨夜

重雾吞山山不见，乌云贴地地无疆。
电光一线连峰闪，暴雨千顷洪水狂。
滚石推沙骇浪走，轰雷劈树折枝扬。
天神赫示威和怒，为我抒挥恨与伤。

后记：

一九五三年夏，作者住在泰山南麓，当时心情抑郁，遇风雨之夜，萌生大自然其发泄愤怒的感觉，故诗末有『天神赫示威和怒，为我抒挥恨与伤』之句。

一九五三年八月三十日作

人民公社化

千户农家合一家，社员争做向阳花。

云端似见金桥起，奔入大同境不遐。

一九五八年十一月一日作

诗画满墙

三面红旗四处飘①，全民文化涌高潮。
犁锄已倦丹青弄，八亿农民气势骄②。

注：

①三面红旗，即总路线、大跃进、人民公社。

②在『大跃进』年代，风行『诗画满墙』，动员群众在墙上到处作诗作画，以显示中国人的才华与情操。

一九五八年十一月三日作

长安郊外除夕独住

春来不解客心忧，长夜孤吟岁月悠。
一卷诗书和泪读，半轮玉镜照天愁。
甘泉出谷鸣丰峪，冷雾封山锁五楼①。
仰望终南无限意②，空余潏水向西流。

注：

①丰峪，秦岭的一个山口，出此可以入川。五楼，地名，属长安县管辖，位于沣水与潏水之交。

②时作者暂居于南山之阴，抬头望见终南山。

一九六五年二月二十四日作

武斗蛰居家中

寂寞空楼雀绕楹，林园道上少人行①。
启帘惊见荷枪影，掩户恐闻击铁声。
一代青年应是主，两边华发难为情。
居闲脱出纷繁事，展卷吟诗得自清。

注：

①林园，职工宿舍区名，时武斗风起，为怕红卫兵打砸抢，大都躲避他走，故成了寂寞空楼。

一九六七年六月十三日作

悼学生[1]

喷薄朝阳出，金光散雾霏。
风回几度急，花落一时稀。
为有牺牲志，长存日月辉。
死也非若所，涕泪顿纷飞。

注：

①动乱期间，闹事的学生分为两派，逐渐发展到武斗，互以钢制长矛相刺，口呼『誓死保卫革命路线』。我闻闽籍学生死于非命，哀痛奚若，特以诗记之，并表悼念之意。

一九六七年六月二十日作

读马列书

年年读宝篇，每每想联翩。

问我倾精血，为谁放异妍？

捐躯存四海，立志改桑田。

长岁多磨炼，此心逐日坚。

一九六八年五月一日作

江西五七干校述怀

自力更生争上游，荒坡叠叠起层楼①。
披荆耙地开田亩，劈岭移山凿石头。
昔日纤纤两只手，今朝碌碌一黄牛。
但劳筋骨心无用，安命乐天暂忘忧。

注：

①五七干校的战士凭双手开山采石，顺坡而上建筑石屋群前后数排，远看好像层层高楼，实际非真建高楼也。

一九七〇年六月十九日作

劳动有感

一九七〇年，我下放江西劳动，在信江之滨掏粪积肥。某日，搁下扁担，写七言四句。

汗水何如信水长，书生翻作种田郎。
肩挑大粪穿街过，大粪臭污人发香。

一九七〇年六月三十日作

结婚纪念日遥寄内子

风雨同舟十六春，南来北去梦中人。
初掰小辫青丝短，转觉红颜白发新。
染病连年何足恨，安贫乐道益加亲。
而今远隔山川外，万里诗笺写苦辛。

一九七一年四月二日作

赠郭影秋校长（二首）

其一

暮春季节晚来风，百里京师大路通①。
一片欢声归巷底，万家灯火烛天红②。
年年骇浪忡忡过③，寸寸丹心处处同。
欲睹尊颜行又止，深深院落两楼中④。

其二

三年治校见天工，昼夜劬劳众所崇。
路线时难分左右，霁晴后始识西东。

川滇山水随明月，齐鲁风云逝转蓬⑤。

战渡惊涛人未老，加餐尚盼建新功。

注：

①时郭影秋住城内铁狮子胡同（即今张自忠路），而作者居京西八里庄，故称。

②作者进城看望郭校长正值周末之夜，故满城欢声，万家灯火。

③当时『文化大革命』已第六个年头。

④待作者赶到郭的院内时，夜已深。作者念及郭有病在身，因而在两楼之间徘徊良久，最后还是没有造访。作者转身返抵家中后，意犹未尽，就写了这两首诗寄赠。

⑤郭影秋早年在苏鲁交界的微山湖地区开展革命活动；解放后，郭又在四川、云南等地工作，故本诗称『齐鲁风云』、『川滇山水』。

一九七一年五月十八日作

苏幕遮　酬答郭影秋见赠其新作《江城子》

汉河斜，星斗渡。寂静枝梢，暗自凝珠露。
喜读华章新曲谱。夜半初凉，好梦甜如故。
细栽培，承眷顾。万里晴霄，翠叶添无数。
最是深情传尺素。新竹柔条，直待东风护。

后记：

郭影秋《江城子》上阕：『梦魂夜夜绕西郊，起新飚，势如潮。红雨春风，杨柳千万条。混迹青年人不老，看绿竹，上晴霄。』

一九七一年七月三十日作

校园即景

红窗映照绿纱云，板报新排读采文。

楼东旗海楼西见，院内歌声院外闻。

学年行尽收丰硕，生气盎然溢喜欣。

春意未阑春又至，满园瑞雪落纷纷。

一九七二年一月二十九日作

踏雪赴长辛店求师

十年动乱期间，人民大学被撤销，我去江西劳动。一九七一年一月被调至北师院工作。当时仅少量高校招生，由工农兵学生『上大学，管大学，改造大学』，教育体制实行『开门办学』，即把课堂搬到工厂、农村中去，请工农为师，讲过去之苦与今日之甜。按长辛店二七车辆厂乃具革命传统的老厂，今偕师生前往，因记之。

指路良师何处寻，高丘突兀急登临。
北风乱刺危阶滑，归絮难当冷气侵。

一席教言开陋塞，满山白雪照丹心。
芦沟桥下长流水，无限深思入远林。

一九七二年一月二十六日作

自河北万全县上坝至张北途中

车攀险路过重冈，塞外高原春意长。
油麦穗抽青盏漾，胡麻花织锦茵张。
狼窝沟阔生荆蔓，烽火台连走马羊。
自古兵家争战地，今尤壁垒固金汤。

后记：

一九七三年七月，我应邀至中国人民解放军一八一二部队辅导经典著作。事毕，政治部张主任引我至张北游览看看塞外风光。我从小生长于江南，没有见过油麦、胡麻等北地农作物，尤其是油麦抽穗像青盏般垂挂，临风荡漾，煞是好看。当时中国与苏联关系紧张，汽车沿国防公路行进，但见军事工程多深建于山洞之中，真是固若金汤。

一九七三年七月二十五日作

苏蒙联军烈士陵园

狼窝沟洒英雄血[①]，烈士碑缠异国魂。
昔日盟军今敌垒，罪由赫勃恨难吞[②]。

注：

①狼窝沟，地名，属张北县管辖。苏蒙联军曾在这里同日本侵略军鏖战。

②赫勃，即赫鲁晓夫与勃列日涅夫。中苏本为兄弟邻邦，友好相处。由于赫鲁晓夫与勃列日涅夫背叛，中苏成为敌垒。但此地的烈士陵园每年仍由张北县人民政府祭祀。

一九七三年七月二十五日作

雨中登张家口大境门

大境门前翠嶂重，关如瓶口道如封。
长城起伏随峰远，峭壁分围衬雾浓。
出塞骋驰飞骏马，登楼呼啸跃蛟龙。
烟尘净处朝阳艳，南北山河彩线缝。

一九七三年七月二十六日作

学军记

率领工农兵学员赴山西夏县某部队学军。我年近半百而下连队当兵，自觉有点精神，乃口占七绝一首记之。

白发斑斑一准翁①，扛枪列队笑秋风。
扳机轻扣轰雷动，点点齐飞入靶中。

注：

①作者当时四十五岁而头发已白，虽不够称『翁』，但也可算是一个『准翁』。

一九七四年十一月二十一日作

赠丰台机务段陈福汉机车长

电掣风驰三十年①，龙腾虎跃十三员②。
飞轮直越千重岭，喷汽横遮半壁天③。
誉满名扬谦益甚，品高德美代相传。
送春转是迎春到，万马齐奔一马先④。

注：

①陈福汉是『毛泽东号』机车长。『毛泽东号』机车组成立于一九四六年。作者写此诗时，该机车自命名以来已奔驰第三十个年头了。

②『毛泽东号』机车组成员共有十三名。

一九七五年一月四日作

③当时『毛泽东号』尚未改为内燃机，还是老式的蒸汽机车，故云『喷汽横遮半壁天』。

④陈福汉驾机车赴济南大修。故本诗是一首赠别诗。大约一个月完竣后，『毛泽东号』将担负起更重大的任务。

国庆二十七周年偶成（二首）

其一

贤者去不回①，嚎哭震楼台。

奋发齐心力，艰难何惧哉！

注：

①一九七六年，周恩来、朱德、毛泽东先后逝世。

其二

强作笑颜开，歌声热泪催。

东方红曲罢，万众盼风雷。

一九七六年十月一日作

周恩来总理颂

巍巍高山，浩浩汪洋。总理伟大，山高水长。功盖天地，日月同光。名垂史册，千古辉煌。生为革命，劳苦辛忙。死为革命，全节留芳。人民事业，赤胆忠肠。高举马列，红旗飘扬。四人黑帮，加害中伤。阴谋诡计，鸦翅遮阳。壮哉总理，凛若晨霜。劲松苍翠，挺立无殇。总理虽逝，音容如常。世人追慕，思念欲狂。学习总理，诚严诚庄。团结奋斗，永盛永昌。

一九七六年十月一日作

望主席纪念堂

寥廓秋空虎气存①，青山犹染旧啼痕。

正阳门北车如水，万国衣冠仰至尊。

注：

①毛泽东主席在其致江青的信中说自己有虎气。本诗言其人虽死而气犹存。

一九七七年九月五日作

诗稿拟赠马春景①

吟成旧句愧寒微，赖托神毫罩锦衣。
怪石奔云龙蛇舞，好花茂树凤凰飞。
一间陋舍飘香墨，四壁低檐落碧辉。
怎奈家贫无润笔，赠诗折抵胜甘肥。

注：

①马春景，曾在北京市委讲授哲学，爱写字及篆刻。作者于一九七七年曾以自己的诗作央他写成条幅，并预先书就本诗以便酬报。岂料老马惜墨，当时他只书写毛主席诗词或语录，不写其他。对作者

的要求始终未加回应，于是这首诗也就没有送出，故本诗标题只得在后来改为『诗稿拟赠』。诗内溢美之词纯属虚构的情景。

一九七七年十月十日作

香山静翠湖

孟冬时节，与苏克尘、卢翰章、程琬、王致欣等同游香山。自从十年动乱以来，甚少闲游，今日至静翠湖，欢愉奚若，兴起而咏诗记焉。

苍苍暮霭落烟帷，圆镜平湖水满池。
空谷无人红叶老，山风有意柳枝垂。
冬初未减深秋色，发白徒悲少壮时。
游客远来何所事，斜坡林下拾松皮。

后记：

苏克尘见到白皮松，说白皮松的皮能医治鹅掌风，她要拣一批回去为丈夫马仲扬治病，于是大家帮她拣拾掉在地上的树皮。

一九七七年十一月九日作

北京西山卧佛寺

粉碎『四人帮』以来，一直心情欢畅。虽时令已入冬，犹与挚友郊游，至卧佛寺戏占一绝。

释迦横卧彩云巅，阅尽沧桑世变迁。
太后不知何处去，空留四字惹尘烟。

后记：

卧佛寺大殿高悬的匾额有四个大字，是慈禧太后手迹。本诗后两句『太后不知何处去，空留四字惹尘烟』，语意双关：太后既指题匾额的慈禧，也可理解为刚被打倒的江青。『空留四字』既指匾额上慈禧书写的四个字，也可理解为江青等『四人帮』的『四』字，留下丑名于世。

一九七七年十一月九日作

赠龚部长

野夫好发不同声[①]，急雨催风四座倾。

莫道鬓毛堆白雪，胸无利禄此身轻。

注：

①野夫，作者自称。不同声，指一九七七年十一月二日在修宪座谈会上发言。

一九七七年十一月十日作

送子女报考大学

成败无需苦度量，且经磨试便知详。

十年贻误非尔故[1]，今日新翻又一章。

一九七七年十二月五日作

注：

①十年动乱误了一代青年。

寄丁庆平

老丁从乡间托人捎来喜糖。该生毕业后常不忘我，因占一绝作答。

糖果捎来情意多，老丁新筑凤凰窝。
同年八十门生众，各御长风立业么？

一九七七年十二月十八日作

病中看书后偶成

情多感物想联翩，握管裁诗三十年。
坎坷一生空好梦，风云万事逐轻烟。
春兰幽谷孤芳洁，秋菊东篱独美妍。
璧睡深山千载后，花容老去不重鲜。

一九七八年一月十五日作

告别北师院

一九七一年一月，我从江西下放地回京，因人民大学已被撤销，遂去北师院工作。一九七八年，人大复校而离开师院，作诗告别。

七载征程晴与阴，风云转战至于今。
病躯幸赖青春火，白发长存赤子心。
愧有诗文无济世，喜看桃李亦堆金。
愿将剩岁追流水，翻化甘泉灌幼林。

一九七八年六月二十四日作

人民大学恢复返校有感

雪霁冰融暖气频，十年枯木喜逢春。

球场已废楼成栉[1]，教座重登泪湿巾。

笔墨挥飞新格纸，图书掸拂旧封尘。

时光痛失思追补，百倍辛勤白发人。

注：

①人民大学被撤销后，校舍改成第二炮兵司令部，原来的体育场上，建起了楼房多幢。

一九七八年九月一日作

哭大姨母

四十年前滨水村，飘萍自此悟归根。
富春江月山犹故，严子陵台日已昏。
姐妹生离搜旧句，弟兄死别觅新魂①。
天涯相识难相聚，世绝尘寰未报恩②。

注：

①大姨母逝世时，她的长子刚去世。

②大姨母对我有抚养之恩。诗中滨水村、富春江、严子陵钓台，都是作者当年生活过的地方。

一九七九年五月八日作

小木板歌

膝上平铺腕可支，弓身局促鬓成丝。

埋头走笔喧中静，绞脑寻章语出奇。

陋室五人安若素，好书几卷啖如饴。

自知德薄才疏浅，苦读凝神夜半时。

后记：

数年以来，我全家五口住一间平房。子女三人走读上学，须在家自习。我的桌子让给孩子，自己找一条小木板架在坐椅的扶手之上充当写字台。问世文章皆出于此，木板之功不可没，故作诗记之。

一九八〇年九月二日作

陋屋歌

我身居陋屋多年，近偶读《人民日报》刊出戏剧家赵丹诗。诗曰：『屋陋心宽敞，戏少书画多。命乖儿女好，年老志渐高。』颇有感触，因步其韵自作陋屋歌。

屋陋诗文秀，人微心事多。
窗前明月好，大树影徒高。

一九八〇年十月十八日作

殉情

孟冬，我小住京西香山别墅。某日飘雪，天色阴霾。小梅从外边来，云顷亲见一男一女，双双殉情死在香山公园的北门口内。我闻之恻然，乃赋诗吊之。

谁家怨男女，到此共轻身。
白雪徒埋恨，黄泉不见人。
双魂终散灭，一世忽沉沦。
日暮空房暗，爹娘泪满巾。

一九八一年十二月十日作

玉泉山之夜

假日庭园寂，平楼卧室幽①。
逐行斟字句，对坐语喃啾②。
灯下词初定，纸间策已筹③。
宪章临十稿，尚欲益精求。

注：

①在玉泉山起草宪法。某星期天晚上，大多数人回家了，唯我与叔文未走。忽彭真同志从隔壁楼里打电话来找，我俩便急忙去他住房。

②喃啾，低语貌。因时已夜深，彭真夫人张洁清同志在里屋歇息。

唯恐惊扰，故小声说话。

③此夜主要斟酌宪法序言底稿。彭真已思定二十世纪四件历史大事。

一九八二年五月十八日作

赠龚部长

一见依稀散若云，玉泉山下又逢君。

江枫四度凋红叶，字里增新共几分。

一九八二年五月二十八日作

浙江绍兴酒乡行

结伴驱车一路催，陇头但见垒糟台。

闹区未到城街远，先有浓香扑鼻来。

一九八二年六月一日作

秋瑾故居有感

短剑青锋烈女身，诗文铁骨艺超伦。
热心热血红于火，秋雨秋风愁煞人。

一九八二年六月一日作

游浙江山阴之兰亭

书圣大名世代传①，墨碑受损补还全②。

群贤已逝亭犹在，西望昭陵泪不干③。

注：

①书圣，指王羲之。

②王羲之手书「鹅亭」的石碑在十年动乱中被砸断。后经修补，今犹存在。

③王羲之《兰亭集序》真迹，据传说陪李世民葬于陕西昭陵。

一九八二年六月一日作

绍兴徐文长故居青藤书屋

名士风流骨格新，自书条幅笑阳春。
三间东倒西歪屋，一个南腔北调人。

一九八二年六月一日作

读袁宏道《徐文长传》

书画诗文皆绝奇，奇才反转变癫痴。

痴狂致死因何得，得志青云不可期。

一九八二年六月一日作

游沈园

曲巷深幽户半开，荒园无复惊鸿来①。

错错梦断分飞燕，莫莫香消乱落梅。

西蜀南归边事寂，中原北望赤肠回。

一生有恨何时尽②，游客思之亦自哀。

注：

①沈园是南宋诗人陆游邂逅其前妻唐琬、留下题壁词《钗头凤》的园林。一九八二年，我与徐牧、李方等往访时，该园荒芜，还没有修葺。

②陆游和唐琬生离死别，当然是悲剧。但是，陆游力主北征恢复中原而未能如愿，终生看不到祖国统一，这才是最大的恨事。

一九八二年六月二日作

云南安宁温泉

小住云南之安宁，忆念北京玉泉山。因以诗寄张老。

玉泉景色锁高墙①，亭榭楼台巧点妆。

峋石流波明眼底，御碑封号立湖旁②。

何如滇域山峦犷，更有安溪水雾茫。

銮舆不曾巡远鄙，焉知甘液热浆汤③。

注：

①我甫离京西玉泉山，告别那困在高墙里的工作环境，来到安宁温

泉休养，顿觉胸襟开阔，乃寄诗给张友渔，陈述感怀。

②清乾隆皇帝立御碑于玉泉山的泉源之旁，称京西玉泉为『天下第一泉』。

③明代杨慎谪滇，题写云南安溪温泉为『天下第一汤』。杨慎题词应早在乾隆之前甚久。而乾隆从未到过安宁，乃径称京西玉泉为天下第一，说明乾隆见闻不多，知识浅薄也。又，『銮舆』即皇帝的坐轿，借以泛指皇帝，在本诗中则专指乾隆。

一九八三年三月二十日作

六届全国人大第一次会议召开

人代会召开，心潮笑浪推。
任期一届满，总结五年来①。
体制初行改②，前程路更回。
运筹循马列，世纪惊风雷。

注：

①全国人大每届任期五年。此处『总结五年来』也可理解为总结自党的第十一届三中全会以来的五年经验。

②农村经济体制改革初见成效，国务院于一九八二年已初步进行机

构改革。六届全国人大一次会议根据新宪法规定设置国家主席、中央军委等，并于全国恢复乡的建制。

一九八三年六月作

游山东蓬莱仙阁

古堡雄据恶浪巅，将军仗剑破倭船①。

知州五日诗碑卧②，渡海八仙道术玄③。

坐阁暂听方外事④，凭栏但见水中天。

丹峰缩影庭前石，长岛绵绵送夕烟⑤。

注：

①蓬莱阁是伸展在海隅的古堡，属古登州府。「将军」，指明代名将戚继光。戚曾在这里屡破入侵的倭寇。至今蓬莱还遗存有刻着「万历十年，登州戚氏」的一把战刀。

②宋代苏东坡曾任登州知府，在职仅五天。现蓬莱阁有一块卧碑，镌刻着苏诗及序。

③传说八仙曾在蓬莱阁饮酒，酒后渡海而去。

④讲解员在蓬莱阁中为游客讲述『八仙过海』的神话。

⑤蓬莱最早时是红岩构成的岛屿，筑堡之后，置六大块红色巨大岩石于庭前，为『丹峰』的缩影。又，长岛在海中同蓬莱阁遥遥相对。

一九八三年七月二十七日作

登蓬莱阁吊明都督卫青

我仰卫青钢铁身[1]，奋歼倭寇保黎民。
忠存碧海千重浪，义贯丹崖一片春[2]。
击楫飞腾丧敌胆，捻须吟唱壮天旻[3]。
先贤护国功劳苦，后辈当知历史珍。

注：

①卫青，明代山东备倭都指挥使，曾镇守登州（后来的蓬莱县），与汉将卫青同名同姓。

②丹崖，山名。蓬莱阁倚丹崖山而筑。

③「捻须吟唱」：卫青著有《歼倭吟》，有序云「时在文登沿海巡道备倭，飞渡海上，歼灭倭寇，遂捻须吟诗以壮志」。其诗曰：「汉有卫青，塞上腾骧。我名相同，海外飞扬。瞬息千里，风利帆张。心在报国，剑舞龙翔。今除倭寇，……遑惜微躯，誓死疆场。」

一九八三年七月二十八日作

山东芝罘岛拾石

和李正文同志等数十人结队游芝罘海滨。

绕海嬉游彩石堆，东寻甲午战图开①。
沉船折将倭军笑，割地丧权国士哀。
史迹已随潮落去，洪涛时送喜音回②。
逋臣昔日徜徉处，犹似飞鹰扑浪来③。

注：

①一八九五年，中日甲午之战在芝罘以东的威海卫、刘公岛海域展开。

②新中国成立已三十四年，传来的都是胜利的消息，与百年前完全不同了。

③逋臣，康有为逃亡时自称。飞鹰，清政府的军舰名。戊戌变法失败后，康有为潜出京城，搭乘英轮南逃。该轮途经芝罘停泊，康登岸拾石。及被当地官兵发现，前来捉拿时，康所搭乘的轮船已经开走。清兵急派飞鹰号战舰追赶，结果没有追上。按康有为一八九九年二月的记事诗云：『缇骑苍黄遍九关，飞鹰追逐浪如山。我横沧海天不死，犹在芝罘拾石还。』说的就是此事。

一九八三年八月五日作

咏曲阜三首

其一

千里风尘入圣门，雕梁画阁昔时尊。

两楹我借西厢住①，竹动寒窗月色昏。

其二

石柱龙蟠气势雄，大成殿里一衰翁。

虬根古柏参天立，问礼无人轩宇空。

其三

荒丘累累乱鸦栖，碑断炉倾石马低②。

洙水桥坊风瑟瑟，文宣王墓草萋萋。

注：

①国际旅行社在孔府内辟有宾馆。

②孔陵亦称孔林。因十年动乱期间遭到破坏，陵园内的古碑被砸碎，祭祀用的石香炉被推倒。石马半陷在土中，且周围乱草丛生，多半埋没，故云『石马低』。

一九八三年十一月二十八日作

读《郭影秋诗选》因题卷后

郭校长赠我诗集。我读后题诗于卷后，并赠奉给诗选的作者。

十七年来蒙劫尘，艰难落此病残身①。
马前韬略曾无匹，笔下文章自有神。
报国惟忧精力薄，攻书每念岁时珍。
丹心一片情长在，谱入诗行照后人。

注：

①郭影秋自从十年动乱初起之时受冲击以来，即卧病不起，至此时已有十七年。

一九八三年十二月七日作

步韵和郑心永《述怀》诗

歇浦辞鸡口①，团城庆鼠年②。
葩奇春雨妒，竹淡世人贤。
旧梦疑无路，新园别有天。
怀才终不没，引吭唱诗篇。

注：

①歇浦，即上海。郑心永是上海《民主与法制》杂志创办人。当时亦是民主与法制社的负责人，故曰「鸡口」。

②团城，位于北京的北海。郑心永离沪来京后，在北海上班，故称。

这里以团城泛指北海。又，一九八四年为甲子，故是鼠年。郑在北京负责《中国老年》，所以诗中说『新园别有天』。

附 郑心永《述怀》诗：『挥泪辞《民主》，搧挡入《老年》。皮包伤正统，微论忤时贤。屈子千张纸，巫咸九重天。仆仆京海道，抖擞赋新篇。』

一九八四年一月三日作

赠曹日新教授

良师海外来①，为我育英才。

南饮长江水，北临烽火台。

家乡茶树绿，山野杜鹃开②。

堪羡双飞燕，年年比翼回③。

注：

①纽约州立大学教授、美籍华人曹日新来京讲学，因以诗书赠之。

②曹教授原籍安徽太平，想象中茶树与杜鹃花应在当地很普遍。

③曹教授夫妇常双双回国探亲讲学，故曰『年年比翼回』。

此诗由作者墨书，曹悬挂在美国的办公室壁上。

一九八四年六月二十五日作

屈原之歌

应《中国老年》杂志社端午诗会而作。

屈子驾轻烟，往来水泽边。索求真善美，
上下两千年。忽见朝阳起，霞光放异妍。
云开散走兽，浪静转清涟。屈子问巫咸，
巫咸报喜吉：
『人间四化忙，国内众心一。有才莫不
珍，遍地英雄出。』
屈子闻而舞，欣然辍九歌。春宫折琼

树，县圃采香萝。跨凤驰穹宇，帝阍鸣玉珂①。飞越阆山石，飘临洛水波。宓妃停濯发，驻足罢淫游。绝艳窈窕女，依依结侣俦②。

同登中岳顶，拨雾望神州。葱郁杜蘅茂，芳菲蕙叶稠。礼贤尊文士，擢秀奔骏骝。屈子泪如雨，叹言『志已酬』，『路漫兮修远，更上一层楼！』

注：

①《离骚》云：『吾令帝阍开关兮，倚阊阖而望予』。按此，帝阍极

其怠慢。本诗则反其意，言帝阍鸣玉珂欢迎屈子。

②《离骚》云：宓妃「夕归次于穷石兮，朝濯发乎洧盘。保厥美以骄傲兮，日康娱以淫游。虽信美而无礼兮，来违弃而改求」。本诗亦反其意，称他俩结成伴侣。

一九八四年六月二日作

示外甥并序

序：外甥不知何许人也，音容不识，生死不明。但世上必有其人。家姊许崇道一九三八年离延安抗日军政大学随军至河南确山，后至湖北孝感，属新四军五师。牺牲前曾生有一幼婴散落老乡家。往事数十年，思之酸楚。但愿我甥幸在人间，因作诗以示之。

生于战乱未相逢，消息杳沉四十冬。
欲剖舅心明母志，强思姊貌拟甥容。
风侵旧袖啼痕淡，雨袭孤坟草色浓。

幸若尔身能在世，勤耕勿忘觅遗踪。

一九八四年二月作

成都遇朱玲

我同全国一批法学家在四川大学开学术会议，偶于餐厅遇见前中国女子排球队队员朱玲女士，遂邀她同桌吃饭，并赋诗记之。

蝙蝠衣飘二十余，婷婷挺秀水荷蕖①。
三冠谱出光荣曲，四海传来祝捷书②。
川女远征腾虎豹，球员卸退接权舆③。
学家白发多文采，坐对红妆叹不如。

注：

①是日，朱玲穿一件粉红色蝙蝠衫，颇有丰采。

②中国女排曾连续三次获世界冠军。

③『川女』，指首批中国女排队员张蓉芳、朱玲，都是四川女孩。她们离队之后，朱玲任四川某高校党委副书记，张蓉芳任四川省体育运动委员会副主任，故谓之『球员卸退接权舆』。

一九八五年四月十四日作

赠王白中

客里相逢夜语长①，喜蒙翰墨惠芬芳②。

神毫挥罢南归去，正是姑苏赏菊忙③。

注：

①王白中，一九三六年入伍，在延安时曾被评选为侦察英雄。我同他在北京太平路招待所萍水相逢，相语颇欢。

②王白中善书法，当场挥毫，赠我书法大字一幅，曰『学而味乐』，并题款赞我平易近人。

③王白中已离休，住苏州干休所。来京探友，即将南归。

一九八五年十月十五日作

答老于

老于从洛阳返京，赠我诗数首。继而去贵阳，归来又赠我诗作。

我在病床治眼疾已一个月，无力酬唱，勉强草书一绝，聊以作答。

冷寂楼台秋色深，轻揉病眼读来音①。

君诗刻尽山川美，我亦如游洛与黔。

注：

①患眼病出血，住北医三院，视力微弱，只能边揉眼边读老于诗作。

一九八五年十月二十七日作

住医院自述

翳阴病眼满天灰，为复明光住院来①。
凄楚非因针药苦，蹉跎难夺秒分回。
思潮激荡翻千丈，心事纷繁结一堆。
理智终于平我性，宽和之气始舒开②。

注：

①一九八五年十月二十四日至十一月八日，我因患眼底出血症，一目失明，住北医三院接受治疗。

②工作任务过多，因而珍惜时光。我身住医院而内心不安，故有思

潮激荡、心事纷繁之感。我住院期间，背着医师、护士，全凭一只眼睛的微光，阅改文稿九万多字，并为天津法制报刊社撰文一篇，是整个病房唯一带病坚持工作的。

一九八五年十一月三日作

香港纪行十咏

其一

带病从公万里程[①]，胸存国祚敢滞行？

百年读史千般恨[②]，浩气今朝达海瀛。

注：

①我一九八六年一月赴港时，患眼底出血未愈，在港期间仍继续天天吃药打针。

②我少年读史时，常以鸦片战争失败，割香港而感切肤之痛。

其二

疾步流星挤满场，银灯四举话筒扬。

政坛每有风和雨，笔墨淋漓道短长。

后记：

香港记者拥至现场抢新闻。他们口袋里、背包里塞满录音机、照相机、笔记本、铅笔、名片之类，行动敏捷，发问连串，给人印象深刻，反映了香港真是一个节奏紧张、竞争激烈的地方。

其三

法师说法法虚玄①，佛法还需国法全。

且落红尘宣国法，何愁佛法不真传。

注：

①觉光法师，香港佛教联合会会长，时任基本法起草委员会委员。

其四

府门肃静米旗低，岗警森严布列齐。
我饰大龙迎总督①，见时已觉日将西②。

注：

①尤德，英国人。我随团进入港督府时，所系领带绣有大龙，以示民族之尊。

②会见时已傍晚，日将西落。又，英向称「日不落帝国」，喻其殖民地多，

米字旗插遍世界之谓。然而，现在即将撤出香港，故诗中说「日将西」落了。

其五

舟泊庾山薄雾开，车盘鸟道翠峰回。

三间暖屋留春住，一架红花迎客来。

其六

管弦乐起舞蹁跹，水柱银珠玉四溅。

此乐本应仙界有，委身商贾亦怆然。

其七

迷人秀色海之隈，大佛齐天出水来。

百兽龙羊皆列供，诸神一体降钱财①。

注：

①浅水湾岸边矗列着杂塑的各种神像，光怪陆离，均以发财赐福为特点，反映了香港一般市民的心态。

其八

霓虹灯下暗飘香，处处青楼欲断肠①。
不夜歌声人自醉，为谁消瘦为谁狂。

注：

①红灯区是青楼密集的地区。

其九

勒马洲头故土情[1]，绵延边界两分明。
登高北望家何若，一片佳音出燕京[2]。

注：

①勒马洲又名落马洲，位于香港新界北端同广东省交界处。

②时值中央召开大会，制止不正之风，总书记重要讲话在报章及广播中发表。

其十

削山突起万重楼，填海千顷筑码头。
人力胜天神辟易，云横雾绕数风流。

后记：

作为礼遇，港英当局特为我等五位基本法起草委员提供直升飞机一架，我得以鸟瞰整个香港。这块宝地行将回归祖国，不胜振奋。

一九八六年二月二十七日作

西北行

陪同香港基本法咨询委员会第一批参观访问团至甘肃、陕西观光游览。

银光铁燕破云驰，极目层峦漫展迤。
大漠绿洲城似豆，高山白雪水成丝①。
少鹏夜半犹呼酒，多泰筵前好唱诗②。
最是心宁无底事，驼铃空谷踏沙时③。

注：

①祁连山终年积雪，涓涓雪水从山顶流下，浩瀚沙漠得水之处便成

绿洲。自飞机上俯瞰，绿洲仅似一粒豆般大小。

②少鹏，即吴少鹏，是香港律师、访问团成员、基本法咨询委员会委员，有酒量，夜阑而豪兴未尽，『夜半犹呼酒』。另一访问团成员、咨询委员吴多泰则情致高昂，于甘肃省政协举行的晚宴上，即席引吭诵诗，令满座叫绝。

③香港《明报》报导时，即采用本诗末两句『最是心宁无底事，驼铃空谷踏沙时』作为版面标题。

一九八六年六月十三日作

咏泉州风动石

石动因风力劲吹，性非顽拗态相随。
身虽摇晃根基稳，踞此千年未寸移。

一九八六年八月十四日作

厦门应小李索句（二首）

其一

窗前对坐海风吹，闲话巴中少小时。
二十三年回首处，半轮淡月夜星移。

其二

客地人情总是轻，但因机遇一均平。
故园可借旅游去，不复乡关度此生。

后记：

小李，香港《明报》女记者李念兹，四川人，时年二十三岁，肄业于重庆师院中文系。小李诉及身世，云大学辍学随母来香港，觉香港人情淡薄。不过，她认为在香港个人发展的机会人人均等，所以愿意永居香港。家乡固好，可去旅游也。

一九八六年九月一日作

北上途中赏雪

大块茫茫夜过河①，车轮轧轧赋归歌。
旅中梦境真意少，雪里风情假象多。
坑壑铺填新絮褥，土泥堆变白银窝。
浑然丑事全无有，笑奈天公法术何！

注：

①夜过河，火车夜行，经过黄河。

一九八六年十二月二十日作

右臂骨折书志

字迹犹存隔宿香，今朝左手续文章①。
胸前病肘绷纱白，袖里伤痕血脉黄②。
落笔起先都出格，专心随后渐成行。
老天不忘灾星降，十倍艰难我笑当。

注：

①一九八七年一月某日，积雪路滑，我不慎摔倒，右肘骨折。医生用石膏固定并用绷带将手臂挂在胸前。第二天，我坚忍练习用左手写字，继续没有写完的文章，以保证工作不至于间断。

②伤处凝紫，整个手臂则呈黄色，与黄疸病无异。

一九八七年一月二十五日作

广东从化应小林索句

林泉一派出山来，翠竹千行绕水回。
芬馥温汤庭宇寂，好花独倚绿窗开。

后记：

此乃作者畅游从化温泉后送给香港女记者林翠芬女士的诗。此乃一首藏头诗，把每句第一个字连起来读是『林翠芬好』。

一九八七年八月十七日作

寄耕石书屋主人蓝菊荪先生

耕石先生笔作犁，才高堪与白云齐。

老骐顾影残阳血，不肯攀龙自奋蹄①。

注：

①此诗委婉地劝说蓝老不必『攀龙』，而应自强。

一九八八年八月五日作

寄金庸先生

五十春秋落落胸，查公应笑此书庸。

平生洒墨无瞻顾，未向神灵问吉凶。

一九八八年八月五日作

曾慧燕《一蓑烟雨》[①]读后

烟笼绿水雨霖林，烟雨楼台暮霭沉。

岁乱年难多怨诉，诗残人瘦一悲吟。

山河历劫依然在，骨肉乖离不可寻。

身世堪怜同掬泪，后来事政要当心。

注：

①《一蓑烟雨》，香江出版公司一九八八年三月出版，是一本散文集，作者曾慧燕是香港女记者，一九八五年曾获『世界十大杰出青年奖』。《一蓑烟雨》部分篇幅刻划该书作者少小时的遭遇及其父亲的不幸。

一九八八年十一月十八日作

送陈克赴澳洲探友

海外蓬山万里涛，神矢骤至计无逃。

身同秋燕冲浪去，七色霞光照日高。

一九八九年七月二十四日作

赠李福善先生十韵

其一

一派湖光倒影重，七丛山色绿葱茏。
湖光山色催人醉，带雨湖山情更浓。

其二

天上七星万千年，地下七星千万年。
诸葛神明终不寿，七星灯灭恨难填。

其三

巨鼓蓬蓬洞底藏，挥毡拍洞鼓声狂。

三通擂过天门启，疑是法官升大堂①。

注：

①李福善曾任香港按察司，人称他『李法官』。

其四

美石玲珑斑彩纹，细抚细玩手难分。

若非偏爱诗书画，岂肯千金买紫云①？

注：

①紫云，即产于广东肇庆的端砚。

其五

人分两地本无缘，一事相牵共月圆①。

昨夜初开披萨饼，今宵再进香蕉船②。

注：

①一事相牵，指合作起草《基本法》。

②香蕉船，冰淇淋的一个品种。

其六

宝石鲜红碧血盈，主身原是铂雕成。

天堂渺远无也有，子夜且听降福声。

其七

翡翠叶枝玛瑙葩，金盆点点斗春华。

偌多品样何处见？尽仿香江野草花①。

注：

①李太太告诉我：在请金匠制作时，要求工匠模仿香港所能见到的野草、野花。

其八

奇峰叠翠晓云开，嫩柳繁花傍水栽。

走线飞针黄绿赤，山川都入竹绷来。

其九

一代英姿出玉楼，百年恩爱照鸳俦。

坐男立女难为妇，答曰夫人高几头。

其十

茅台美酒锦筵张，东主殷勤劝大觞。
坦荡无忧同一醉，列公寿比南山长。

一九八九年八月十日作

报马万祺先生诗集见赠

咏唱风云五十秋，皓如明月照中流。
身随国运经霜雪，心与民情共乐忧。
出海遍游欧亚美，入京长揖毛朱周。
枝繁叶茂家昌盛，转眼松年仍不休。

后记：

马万祺，澳门中华总商会会长，全国人大常务委员会委员。见赠的《马万祺诗词选》收集了他五十年来的作品。其中有的记述他来京会见毛泽东、朱德、周恩来的情景。

一九八九年十月四日作

南京访李香君故居

青楼一小香，婀娜袖中藏①。

溅血丹心炽，描花宝扇凉②。

辛夷诚贵重，桃李更芬芳③。

朝野多君子，何如弱女郎！

注：

①余怀赠李香君诗有云：「生小倾城是李香，怀中婀娜袖中藏」，盖李香君身形瘦小。

②宝扇，即桃花扇。扇上的桃花乃是就着李香君血迹描绘而成。

③桃李，指青楼女子李香君。据《四忆堂诗集》所载侯方域《赠人》诗云：『青溪尽种辛夷树，不数东风桃李花。』意思是，辛夷树是贵重的树木，桃李若与辛夷树相比，那是数不上的。后来，孔尚任在其所著《桃花扇》中，把侯方域的原诗改成『青溪尽是辛夷树，不及东风桃李花』。按此，孔尚任认为桃李是辛夷树所不及的。我写这首《南京访李香君故居》，显然同意孔尚任的观点，而且给香君以一定的评价。

一九八九年十月十八日作

致毛钧年[1]

冀北霜寒晓月清，岭南水暖正花明。
驰驱不计温差骤，心意原为国运亨。
千尺岩崖千尺险，几番风雨几番晴。
征衣岁久征尘满，远望红霞海上生。

一九九〇年一月十四日作

注：

①毛钧年，当时的新华社香港分社副社长。

酬和查济民先生近作《学诗》

学诗七十莫言难，平仄粗调韵亦宽。
无意眼前生逸景，有情脑际起狂澜。
愁思觅句心乃静，义激挥毫气不残。
香草欲求存永世，且看查伯建诗坛①。

注：

①查伯，即查济民，香港中国染厂有限公司董事长，香港基本法起草委员会委员。香草，指正在筹组中的香草诗社。在查的《学诗》中有『重兴李杜旧诗坛』之句。

他的近作《学诗》云：『原知七十学诗难，难在时空差异间。虽说律音无大变，奈何科技日昌繁。太空探月平常事，星际穿梭只等闲。电脑如能匡末学，重兴李杜旧诗坛。』

一九九〇年一月三十一日作

中华人民共和国香港特别行政区基本法起草委员会第九次全体会议闭幕有感（二首）[1]

其一

九级浮图逐级高，众多意见各嘈嘈。
晓之以义陈以理，万水归流注一漕。

其二

合力同劳起草完，回看白发照衣冠。
酒阑人散登车去，一夜心欢泪不干。

注：

①香港基本法起草委员会前后一共开了九次全体会议。第九次会议闭会之后，《基本法草案》将提请全国人民代表大会审议通过。

一九九〇年二月十五日作

赠玛丽亚·谭（二首）

其一

呕心沥血不知年，南北奔驰路万千①。
今夜忘忧歌一曲，鲜花热酒献君前。

注：

①谭是基本法起草委员，为起草工作奔波操劳。

其二

相见时难别亦难，新春才到已阑珊。
明朝寂寞长亭路，两地繁花不再看①。

注：

①这首诗写于香港基本法起草委员会第九次全体会议闭幕时。从此以后，起草委员会不再召开会议，两地草委定期叙首的惯例宣告终止。

一九九〇年二月十五日作

题杨延茵女士绣画山峡田园图①

延展众山峥，茵由禾组成。

福来田舍美，善至杏花荣。

万物无心问，事耕有酒盈。

如仙吟水畔，意气胜公卿。

注：

①杨延茵，李福善夫人，绘山水一幅，亲手以彩线绣之，由国务委员姬鹏飞题写「山峡田园图」，又请我写了这首诗一起绣在图上。本诗描述的就是画面上的山水、田舍及花草树木，且是嵌字诗，每句

第一个字连着读，即『延茵福善万事如意』，以示祝愿。本诗所描述的绣画中的景色，亦绣在画面上。香港《明报》曾刊登诗画和题字。

一九九〇年二月二十日作

澳门东望洋登高远眺香港（二首）

其一

高处宜于放眼开，昂头快步急登台。
沙鸥击水波翻白，疑是故人渡海来。

其二

隔岸天涯何处寻，穿云破雾妒飞禽。
烟波岛影层层浪，碧海涛声夜夜心。

一九九〇年三月七日作

列席全国人大会议目睹《香港基本法》通过有感（二首）

其一

满堂正气壮山河，法案威高得票多。
代表三千齐拍手，国歌回响动心波。

其二

银灯闪闪比繁星，喜乐洋洋溢四厅。
百五十年蒙国耻，扫开瘴雾见山青。

后记：

我作为中华人民共和国香港特别行政区基本法起草委员会委员，一九八五年参加起草工作，至一九九〇年四月四日第七届全国人民代表大会第三次会议通过基本法，历时五年。今目睹其正式通过，心情无比激动。从一八四〇年鸦片战争割地赔款起，人民忍辱长达一个半世纪。现中国强大，一九九七年七月一日恢复对香港行使主权，国耻将因以洗雪。

一九九〇年四月四日作

报查济民先生

尝记一九九〇年二月时，查先生在北京曾言决计组建诗坛，示我征集诗稿。但别后久未有音闻，我既已征得诗稿，便不知如何处理，心戚戚焉。五月二日，忽获查先生从尼日利亚来信，重申前约，并促我加速工作。我倍受鼓舞，遂作诗相报。

海外来鸿宁久喑，读时热泪湿衣襟。
诺言信守临三月，约愿躬行敌万金。
便拂浮尘搜旧箧，且挥墨笔写新音。

卷收法律攻诗律，咏赞他心寄我心。

一九九〇年五月二日作

谢郑正训以石章见赠

佼佼正训兄，才多耳目聪。
钟鼎篆文体，六书无不通。
运刀龙蛇走，劲草疾秋风。
粗凿复细雕，巧手夺天工。
镂朱钟逸秀，镌白凝厚丰。
精雅兼古朴，淡素或华雍。
刚柔相辅济，繁简适宽容。
玉章面虽窄，布局变无穷。

我爱君之作，索二再求三。

屡屡慨相赠，收受若饴甘。

囊藏君刻印，挥笔自有神。

字迹每嫌拙，赖此得调匀。

丹青添光采，图画顿生春。

虚名欲立信，亦借四海传。

寿山石质坚，此诗言难全。

晓风残月杨柳岸，地久天长意拳拳①。

注：

①郑先生为我刻的两枚观赏章，其印文一为『杨柳岸晓风残月』，

一为『天长地久』。

一九九〇年五月二十六日作

登慕田峪长城（三首）

其一

危墙起伏上青天，雉堞连延峭壁巅。

怒箭飞来穿铁甲，匈奴兵死燕山沿。

其二

雄关赫赫敌心惊，烽火台高险象生。

早筑长城东海岸，香江未必落强英①。

注：

①香江，香港之别称。

其三

虽说城高不可翻，满蒙犹入主中原。
心防每比军防重，木蛀中空后折根。

一九九〇年六月三日作

致谭惠珠

今年三月在澳门时，谭曾告我四、五月之交他们拟赴杭州观光，预计届时正值我在杭州开会，因此不久后又能晤面云云。待至五月我到达杭州时，方知谭已先我而离杭他去，彼仅留下书信一封致意。展读之后，感而成诗。

久盼杭城晤有期，到时但见一书遗。
孤山夜半听啼鸟，冷月湖心照绿漪。
十里桃夭君占早，两堤柳老我来迟。

凤舟已过钱塘远，此地空吟断续诗①。

注：

①谭惠珠，当时任香港立法局议员兼行政局议员，亦是中华人民共和国香港特别行政区基本法起草委员会委员。

一九九〇年五月二十八日作

向吴大琨教授再次征求诗稿

首次征诗，吴教授只交来一首，嫌其少而再索。

林海茫茫绿色笼，茱萸独秀出其中。

单株虽妍终嫌薄，何日山花满处红？

外一首

江南彩凤鸣梧桐，学博才高我所崇。

尚盼吴公宽尺度，不拘一格倒诗筒。

一九九〇年六月三日作

赠胡绳院长

为编辑出版《香草诗词》，向基本法起草委员普遍征集诗作。胡绳院长积极响应，迅即寄来十首，为该书交稿之第一人。

清韵华笺绝妙辞，读来不觉令人痴。
坛基甫建诗先到，独占东风第一枝。

一九九〇年六月十四日作

酬报邵老

为编辑出版《香草诗词》，向邵老征诗，承蒙热情支持，带病整理存稿，提供一批佳作。我深为感动，特赋七律一首相报。

诗翁慷慨解诗囊①，珠璧交辉夺目光②。

因我索追寻旧句，泥他供助写新章。

几曾病榻安清梦，独伴残灯理卷藏！

坛上罇彝添玉液，谦称只献一瓣香③。

注：

①邵老，即邵天任老先生，外交部顾问，基本法起草委员会委员。因其年逾七十，故呼他为『诗翁』。

②邵老提供的作品既有诗，又有词，故曰『珠璧交辉』。

③邵老的诗中有『为献诗坛一瓣香』之句。

一九九〇年六月十七日作

谢宋仁以钧瓷见赠

古色瓷瓶到我家，蓬门顿觉满光华。

为酬老宋多情谊，常插春兰秋菊花。

一九九〇年六月三日作

送女弟子小梁学成返回香港

已收秋实书囊足，毋忘老农汗水长。

毕业辞京归海岛，勤连两地作桥梁！

一九九〇年六月作

《香草诗词》首卷编成题后（四首）

其一

立法[1]推敲字字珍，五年草就历艰辛。

公余咏唱开胸臆，两地诗家共一春。

注：

①立法，指起草基本法，历时五年。

其二

车骑四处广征诗，更有夫人马出奇。

闺阁华章[1]词竞秀，蛾眉不肯让须眉。

注：

①《香草诗词》之『香』，乃香港的『香』；『草』，乃『草委』（起草委员）之『草』。《香草诗词》专门收录香港基本法起草委员会委员们的诗作，为『非卖品』。有鉴于基本法五年起草，不仅委员们辛苦，而且他们的夫人也相应地加重了各自的后勤负担，间接地对基本法起草作了贡献。所以《香草诗词》同时亦收入了夫人们的作品。

其三

丝弦玉管皆相宜，羽角宫商着意随。

其四

新曲奏来多格调，今诗未必逊唐诗。

晶莹十色满金盘，粒粒珠玑串亦难。

挥汗埋头成一册，先将初犊礼诗坛。

一九九〇年七月十八日作

赠香港树仁学院钟期荣校长

早昔曾随西北行，鸣沙山削月牙横①。

火吞野草烟吞树，石满边村土满城。

今执教鞭宣法理②，夜听学子读书声。

三千贤士齐心力，大漠黄丘瑰宝生。

注：

①一九八六年六月，我曾陪同香港基本法咨询委员会参观团赴甘、陕访问，钟校长是该团成员，故谓『昔日曾随西北行』，这里说『随』，谦逊也。鸣沙山，位于敦煌。月牙泉，在鸣沙山麓。

②一九九〇年七月底，我应聘在香港树仁学院讲授法律课程。

一九九〇年七月三十日作

旅美途中杂咏（六首）

其一

太平洋面紫霞生，寥廓长空铁翼横。
久住尘寰万事重，偶临星汉一身轻。

其二

闲同旅伴说西东，识得座邻许小虹①。
低问远游何记挂，新生爱女撇家中。

注：

①右邻许虹，北京师范大学历史系硕士，将入美国纽斯格攻读社会学。

其三

十九杨铟①书满箱，平生从未走他乡。
而今独自飘洋去，一路娇啼唤乃娘。

注：

①左邻杨铟，武汉大学化学系某教授之女，年十九，将去纽约州阿尔本尼攻读医学，一路娇啼唤乃娘。

其四

西川小女入时髦，微露风骚出语嘈。

其五

机上男儿争献谀，代捐行李不辞劳。

每恨流光逝若烟，此生颠扑亦堪怜。
我今飞疾追红日，苦苦争留得一天①。

注：

①因为时差之故，我九月一日离北京，虽路程历二十四小时，但飞抵纽约国际机场时，仍是九月一日，故云争留得一天。

其六

时令入秋庠序开，争相赴美获栽培。
何当祖国兴昌日，四海英才尽涌来。

一九九〇年九月一日作

弗吉尼亚华盛顿总统故居

庄园处处草青青，娟丽天然育秀灵。
二百年前开国事，随风逐雨入苍冥。

一九九〇年九月作

美国杰弗逊纪念堂

圆厅敞阔立金身，手执宪章矍有神①。

我亦草书根本法，从来笔下不输人。

注：

①杰弗逊塑像手执一卷，可能因他是《独立宣言》的起草人之故。

一九九〇年九月作

美国林肯纪念堂

巨人高坐睨长空，百万农奴尽直躬①。

讵料尔孙浑不识，东侵西伐霸称雄。

注：

①林肯解放黑奴，使奴隶挺直腰躬。

一九九〇年九月作

美国肯尼迪总统墓（二首）

其一

海上风云箭在弦①，两雄争霸恃强权②。
名声赫赫频三载③，地火熊熊照九泉④。

注：

①指一九六二年加勒比海导弹危机，美苏关系紧张。

②两雄，指美国与苏联争雄，肯尼迪与赫鲁晓夫斗争。

③肯尼迪总统从一九六一年一月至一九六三年十一月在位，接近三年。

④肯尼迪总统墓前铺设的石板有一孔，孔中燃起熊熊火焰，终年不息。

其二

白宫之主腾龙骧，身出豪门意气扬。

毕竟美洲风习异，与民同葬一坟场①。

注：

①肯尼迪总统之墓在阿林顿国家公墓。陵园内坟墓累累，肯尼迪总统墓占地一角。

一九九〇年九月作

纽约哈德逊河

铁桥飞跨走车忙，浊浪滔滔汽笛长。
两岸高楼遮落日，自由神在水中央。

一九九〇年十月作

登纽约帝国大厦一〇二层

名称帝国奈楼何，万仞高尖刺汉河。
后羿如能登此极，纵身月阙掳嫦娥。

一九九〇年十月二十七日作

滞美心念澳门基本法起草小组青岛会议

群贤毕集海之涯，我独他邦梦析疑。

翘首时时天际望，几多共识欲先知。

一九九〇年十月二十八日作

纽约邂逅华裔学生梅月馨

黑发黄肤见亦亲，方知君是澳门人。

尔乡物换星移日[1]，勿忘归来探早春！

注：

①物换星移，指一九九九年澳门行将回归祖国。

一九九〇年十月三十日作

成都岷山饭店药膳

廿一层楼览锦城，高朋满阁顿春生。

冬虫夏草和汤煮，白术黄芪夹肉烹。

扁鹊好尝麋鹿脯，华佗劝进鲤鱼羹。

诸君尽饮三鞭酒，固本强阳益寿庚。

一九九〇年十一月十六日作

四川济公酒

济公称号济公装，巧塑陶瓷作酒囊①。
破扇宽袍襟肘露，歪头缩脖脚丫光。
腹藏都是寻常酿，躯表徒然售价昂。
我笑癫僧商品化，癫僧笑我不知商。

注：

①外形是济公像的陶瓷酒瓶，称内装的为『济公酒』。售价甚高，一般卖给外国游人。

一九九〇年十一月十六日作

峨嵋山遇村童以彩羽见赠

深谷净无尘，岩边暂歇身。
山娃多戆直，锦羽送来人。

一九九〇年十一月十七日作

秋末登峨嵋山金顶

骋驰巴蜀路回旋，为访名山不访仙。

车座盘崖穿薄雾，缆箱升顶驾轻烟。

小商拍照招游客，庙主书符索贡钱。

十九冷杉成秃木①，猿啼白雪远峰巅。

注：

①冷杉是峨嵋山特有的珍贵乔木，近年来忽然成片死亡。政府请全国林业专家会诊，亦不得治，且不知死亡原因。现仍在继续蔓延中。

一九九〇年十一月十六日作

海南岛鹿回头[①]

鹿回头，使人愁。狩者追鹿逃无路，逃到绝处猛回头。回头自有求生术，化作姑娘笑明眸。狩者弃弓表怜爱，从此双双结鸳俦。鹿也何不智，嫁与狩猎人！狩者岩下住，不合鸟兽仁。深山密林走，搜捕杀戮频。张弓落鸿雁，飞箭射玉麟。善良如小鹿，往往丧其身。尔不见：初时狩者扳弓追不舍，意在啖尔血和肉。鹿皮色美柔且

温，鹿脯味鲜充饥腹。鹿茸鹿角皆壮阳，

健骨强筋朝夕服。尔不见：其后狩者弃弓

箭掷地，因见尔乃一佳丽。月貌花容体态

妍，可以据而恣其欲。白日出门逐山珍，

归来有人煮饭粟。闭户拈针勤补缝，序入

秋冬衣袴足。鹿回头，思悠悠，回头想，

当知休。不与敌仇共合流，不作狩者囊中

之俘囚！

注：

①鹿回头景点位于海南岛南海之滨的三亚市郊外。相传古代有一青

年猎手追捕一只金鹿，穷追到海边，金鹿无路可逃，遂猛一回头，变成绝色少女，向青年猎手嫣然微笑。于是彼此相爱，结成夫妻。

现在金鹿与青年的雕塑耸立在山顶，使不少旅游者缅怀这个故事。

但本诗却提出了另一种见解。

一九九〇年十二月八日作

海南岛五指山（三首）

其一

山如伸五指，薄暮群峰紫。

掺杂住黎苗，相携无诟訾。

其二

溪从山顶泻，漂涤多村姐。

见我相机瞄，惊惶逃四野①。

其三

入谷采香芸，登山摘白云。

但闻椰叶响，不见娘子军②。

注：

①居住在山里的黎族、苗族妇女赤脚涉水，站在湍急的溪流里洗衣洗菜。她们不愿被陌生人照相，当我举起照相机时，她们便丢下洗衣盆及菜盆，慌忙逃避。

②祝希娟主演的电影《红色娘子军》表现琼崖妇女斗争的故事。

一九九〇年十二月九日作

谒海瑞墓（二首）①

其一

史册名垂四百年，人间盼有海青天。
纵然铁骨铮铮辈，望见庐山亦不前②。

注：

①海瑞墓在海南岛海口市。

②一九五九年庐山会议，彭德怀因直言而受批判。后来文艺界推出关于海瑞的历史剧，毛主席认为演海瑞是有意为彭德怀翻案。

其二

罢官旧事一重传，从此乾坤大转旋[1]。

落魄群贤妖鬼出，海公端可得安眠？

注：

①乾坤旋转，指十年动乱。十年动乱是从批判《新编历史剧海瑞罢官》开始的。

一九九〇年十二月十日作

虎门凭吊

圣哲不同时，英名耀史诗。
烟销忠万古，炮筑镇强夷。
谁识孤臣胆，膺填报国思。
胡公题额在①，洒泪虎门池②。

注：

①胡公题额，指耀邦同志书写的『鸦片战争博物馆』七个大字，通贯于大门上方。

②虎门池即销烟池，矩形。当年林则徐没收英国人运入中国的鸦片

两万余箱，在该池中销毁。

一九九〇年十二月十六日作

澳门基本法部分起草委员参观苏州戏曲博物馆即席留诗

新貌古城又日新，亲情琴韵倍情亲。

旧时西子宫中曲①，来飨澳门现代人。

注：

①苏州是战国时吴的国都，是西子居住过的地方。故称『西子宫中曲』。在参观博物馆的过程中，主人组织了几个小节目，包括古筝、古曲演奏，评弹及昆曲折子戏等，供澳门基本法起草委员欣赏。

一九九一年二月九日作

八声甘州　访唐寅墓

忆少年爱读旧闲书，滑稽更为先。是大明名士，风流倜傥，三笑姻缘①。好个调情里手，倩影梦萦牵。惹得深闺女，方寸难安。

吴巷作家戏谑②，把正人君子，刻意歪传。本诗文秀逸，慎穆品行端。挥羊毫雨云泼墨，着丹青气势贯山川。叹今日，古城僻处，寂寞长眠。

注：

①《三笑姻缘》，描写「唐伯虎点秋香」故事的小说。

②吴巷：泛指苏州。这里意思是说苏州的街巷小说家故意捉弄，编造戏谑唐寅的故事。实际上唐寅是「正人君子」，是「泼墨」「着丹青」的画家。

一九九一年二月九日作

羊年正月初二廖瑶珠女士率访问团来北京，赠以小诗三首

其一

春寒远至作春游，北国冰封水不流。
为使洋人知罪史，圆明园里说沉浮①。

注：

①访问团有英籍成员。瑶珠女士坚持先到圆明园遗址参观，借以教育洋人。

其二

牵裾碎步下墀阶，转瞬苍茫暮色霾。

寄语莫流酸楚泪，得宽怀处要宽怀。

其三

独驾扁舟大海行，惊风礁石险环生。

眼明口慎心思捷，逆浪何难次第平。

一九九一年二月二十一日作

赠福建尤强

尤强与我素不相识，某日，忽来信，自称是福建某单位的工程师，酷爱收集名人字迹。他随函附来空白明信片，要我在上面亲笔签名。为使尤强满足，乃书一绝报之。

涂鸦不足珍，寄与陌生人。
四海皆知己，京闽共此春。

一九九一年三月七日作

赠曹平波

四川曹平波与我素不相识，某日来函，自称是苏东坡家乡眉山市的一名中学生，恳请我在他寄来的首日封上题辞签名，乃书一绝寄之。

榖行宅侧一株苗①，每得清灵蜀水浇。
遥想眉山多秀气，他年枝叶盖云霄。

注：

①榖行宅，指苏东坡故居，即今日之三苏祠。

一九九一年四月二十六日作

赠武汉大学何华辉教授

忆红楼同窗，忽忽已四十年于兹，特作诗以纪念。

京汉名都学士稠，文章荦荦弄潮流。
绿杨暗锁红楼月[1]，几度阴晴已白头。

注：

①此乃作者送给何教授的条幅，原件以隶书书写成。

一九九一年五月五日作

游广西灵渠即席题诗

三将开渠世代功，四贤护水稻粮丰。
公余偶得偷闲日，满目清奇气若虹。

一九九一年六月三日作

柳梢青　广西灵渠

景观奇伟，海洋河上①，坝横波弥。铧嘴分洪，三分漓水，七分湘水。祖龙首起宏图②，连南越、粮船畅驶。一统中华，万人开凿，长城同美。

注：

①灵渠位于广西兴安县。海洋河是湘江的上游，源出兴安县。

②祖龙，即秦始皇。他为了征服南越一带，需从水道运送军粮，乃动员十万名民工，花了足足四年时间，筑坝断流，开凿南北水渠

（称「灵渠」）以沟通湘江和漓江，从而使长江水系与珠江水系相联结，为古代一巨大工程。郭沫若曾说：南方的灵渠可以同北方的长城媲美。现灵渠虽已无军事价值，但对于农田灌溉仍有裨益。

一九九一年六月三日作

水调歌头　游漓江

山水桂林甲，秀美在漓江。泛舟身入图画，一片郁苍苍。两岸冈峦壁立，怪石嶙峋突现，倒影叠成双。翠竹新篁里，薄雾绕村庄。

纵无酒，亦沉醉，倚船窗。碧波远处，三五鹭鸟伴渔娘。转望险峰天际，隐约高坡白点，细辨是绵羊。不计攀崖苦，觅草塞饥肠。

一九九一年六月四日作

燕巢为顽童所毁（三首）

其一

衔泥唾液和，比翼搭新窝。
嘴小围障薄，能遮风雨何？

其二

栖安难觅处，一夜遭凶杵。
扑翅复哀鸣，飞旋不忍去。

其三

良辰人不与，家破子雏虚。

万里来归宿，当知慎择居！

一九九一年六月二十七日作

澳门区旗区徽设计图案评选

琳琅满目蔚然陈，万紫千红竞斗春。

灯塔放光桥影现，莲花吐艳水波潾①。

五星普照神州地，三岛安居异制民②。

八百作家开新意③，不知谁是夺魁人。

注：

①「灯塔」「桥」「莲花」「水波」都是在许多图案中反映澳门的景色。

②「五星普照」，表示统一的中华人民共和国。「三岛」，表示组成澳门的三个岛屿。「异制」，指不同于社会主义的制度。此句说图案体

现『一国两制』。

③应征投稿者接近八百人。又，当时我任中华人民共和国澳门特别行政区区旗区徽图案评选委员会委员。

一九九一年七月十五日作

长相思　霪雨侵

内地多处洪水，港澳人士热心捐款救灾。

霪雨侵，暴雨侵，一片汪洋不可寻，江南苦难深。

你献金，我献金，港澳同胞献悃忱，滔滔千里心。

一九九一年七月二十四日作

赠西安冯亚明

昨获并不相识者冯亚明来信，自称是西安的汽车司机，云深知教育事业之重要，并随函附来空白明信片，请我题写有关教育事业的箴言以作记念。感于冯师傅对教育的重视，我虽无『箴言』，但亦应有以报之，遂书一绝寄之。

师傅驾车劳，亦知教育高。
轿车踞坐辈，或竟逊尔曹。

一九九一年八月二十日作

临江仙　赠金庸

草稿成书君大力①，人间侠义英雄。四年共事岂情空？琢磨条款顺②，说唱酒灯红③。

忽遇洪涛江海上，奈何骤雨秋风。关山阻隔少重逢④。徒含千种意，只在不言中。

注：

①感谢金庸先生帮我在香港出版《涓水苔痕》。

②在一起起草《香港基本法》约四年时间。

③金庸和我曾在一次酒会上合作表演相声。

④一九八九年，金庸因故退出香港基本法起草委员会，从此很少相聚，徒增思念尔。

一九九一年十一月十日作

法门寺怀古

名寺铁钟悬①，地宫佛骨眠②。

珍藏稀世宝，忽忽两千年③。

舍利渊源远，盖由印度传。

释迦明教义，阿育王弘宣④。

经典来中国，播扬迅四延。

扶风方盛极，帝后笃参禅。

开塔频瞻拜，迎邀执礼专⑤。

香烧烟蔽日，幡动影遮天。

仕女弦歌涌，僧尼梵诵虔。
倾城兴法事，不复护良田。
疾弊应除革，唯有韩公坚。
谏阻心忠赤，潮州路八千⑥。
古来庸儒辈，顺势得升迁。
仁人不计失，遐想一潸然。

注：

①名寺，即法门寺，位于陕西省扶风县北郊。寺悬大铁钟，为明代成化年铸，重三千六百斤，声传数里，称『法门晓钟』。

②地宫在法门寺塔基的底下，内藏有四枚佛指舍利。地宫封闭已一

千多年，一九八七年方被发掘。

③法门寺始建于东汉末年。从地宫中发掘出大量珍宝，佛指舍利置于宝函中。函共九重，玉棺水晶，金银精制，嵌以珠宝，纹以图饰，光耀夺目。此外，发掘出的法器供具，各式宝物，种类繁多。

④据佛典记载，两千多年前，释迦牟尼佛灭度之后，印度阿育王为了弘扬佛教，遂将舍利分送给中国供奉。所以，法门寺塔原名叫做『阿育王塔』。

⑤元魏二年小冢宰拓跋育首次开塔瞻拜。隋仁寿二年，又开塔瞻拜。后来唐代一些皇帝数次迎请佛骨入禁中。

⑥唐宪宗把谏迎佛骨的韩愈贬到潮州。韩愈在去南方的时候途经蓝

关，曾作诗有『一封朝奏九重天，夕贬潮州路八千。』欲为圣明除弊事，肯将衰朽惜残年』之句。

一九九一年十一月二十六日作

题福州温泉大厦①

温和海岸风，泉涌酒灯红。

大道宽且直，厦高一市雄。

注：

①本诗为嵌字诗，每句第一个字连起来读，为『温泉大厦』。

一九九一年十二月九日作

登越武夷山之仙凡界

九曲溪头雾转开，天游山脚鸟飞回①。
眼前虽易升仙去，心底何难出世来。

注：

①九曲，溪名。天游，山名。『山脚鸟飞回』，指飞鸟翱翔，只在山脚，还不到半山腰，言天游之极高也。

一九九一年十二月十二日作

赠武夷山市国际旅行社经理王公经

殷勤待客惠风吹，笑说幔亭招宴时①。

满腹藏诗随口出，滔滔吟诵动人思。

注：

①幔亭招宴，指宋代朱熹曾在幔亭山宴客。又，武夷山各景点大都有名人留诗，王公经对此非常稔熟。每至一处，他都滔滔背诵古诗，引人入胜。以吟诗作为导游的解说，别具一格。

一九九一年十二月十二日作

武夷山植树勒石[①]

题书刻石铭，字迹照松青。

吾殁碑长在，悠悠育秀灵。

注：

①一九九一年十二月，我同部分澳门基本法起草委员游武夷山。十二日，在武夷宫后面植万年松一株。我受托以隶书题写『武夷揽胜寻千秋佳景，澳门立法绘一统鸿图』铭刻石上，立于新栽的树下，以作永久纪念。

一九九一年十二月十二日作

武夷山蛇园

驱车联袂访蛇园，时节初冬气尚温。
大字额书游蛇舞①，园门监守老猴猿②。
墙砖分砌成笼井，各色花蛇井内存。
修短瘦肥形态异，头呈三角吐信喷。
高悬低吊嬉庭树，袅袅蟠蟠枝上翻。
主人张震年花甲，待客情殷出语庄。
彼言因故来下放，几十春秋日月长。
数理文章都抛却，甘同蛇毒共风霜。

武夷山深充瘴疠，森森古木绕藤萝。
雾湿云沉光线暗，草莽密处毒蛇多。
农夫朝暮林间过，一旦遭攻火入魔。
肉烂头眩行不走，须臾生命竟蹉跎。
张震见之心不忍，献身立志拯乡民。
专练生擒拿捕术，开医制药效奇神。
从此伤者能得救，濒亡毒解幸回春。
张震大名传四谷，村民誉号曰蛇王。
蛇王招客入其室，告我物须审其详。
变毒为金穷其用，毒蛇虽恶是宝藏。

蛇毒蛇胆利于病，蛇皮制革韧而光。

蛇酒祛除风湿症，补心益气赛琼浆。

蛇肴滋味鲜美甚，劝君一试龙凤汤③。

随后参观陈列馆，内有各式标本模。

千姿百态瓶中浸，演化途程如画图。

蛇王收集精且细，配置齐全他处无。

忽见玻璃瓶具内，两蛇相斗互杀屠。

我问『是否蛇类相吞食？』答曰『人亦咬

人况蛇乎？』

蛇王似历人生苦，风风雨雨见忧愉。

注：

①「蛇园」二字为张震手书。字态呈游蛇之舞姿。

②园门入口处有一只硕大老猴，身躯肥壮，毛色光亮。据说猿猴对蛇极度敏感，养猴以充看守者，蛇不得遁。

③「龙凤汤」，蛇和鸡合煮的汤，味美。

一九九一年十二月十三日作

自咏（十首）

其一

三房暖气融①，笑语四时同。

褒贬随心意，东南西北中。

注：

①我的居处合书房、客房、卧房于一室，故称其曰『三房』。

其二

弄乐欠恒持，吹弹偶解颐。

哼歌能合调，不记曲中词。

其三

读书穷万篇，把卷复年年。
记忆无多少，神疲即入眠。

其四

临摹汉字碑，悬肘笔锋驰。
纸墨稍嫌贵，手勤功力亏。

其五

有兴学丹青，作图神胜形。
无需勾划细，心到自然灵。

其六

子夜不成眠，翻身脑奋旋。
得词人跃起，赤脚写诗笺。

其七

丹田意守时，抱月摆松姿。
太极刚柔济，浑元吐纳随。

其八

种花浇水勤，杂草亦荣欣。
一样三春趣，莫以贵贱分。

其九

喜至笑开眉，悲来涕泪垂。

诙谐肠肚直，吐语脱绳规。

其十

淡泊此心甘，情多苦涩含。

因何人未老，世事不深谙。

一九九二年二月八日作

悼张老

高龄近百鹤松姿①，学博才多是我师。
正气一生轻富贵，勤劳竟日为鸿基。
曾以鲁直赔慈慰，后复排难执义辞。
劲草疾风经岁久，夜台沉寂此心悲。

注：

①张老，即张友渔同志。逝世时享年九十四岁，故称『高龄近百』。

一九九二年二月二十七日作

武陵源对歌亭

湖南武陵源鹰窝寨山麓筑有对歌亭。是日往游，适逢亭内有土家族少女与远处密林中的青年引吭对歌。此起彼应，遥相唱酬。歌声嘹亮，回荡于千山万谷之中，令人神怡。乃作诗记焉。

鹰窝寨下对歌亭①，空谷传声倚杖听。
妹唱兄酬莺百啭，远山近树一齐青。

注：

①鹰窝寨位于湖南省大庸市（今张家界市）武陵源区，高耸入云，

仅有陡峭之小径一条可上，四周万山护峙，形势险恶，古为土匪盘踞之地，今为旅游胜境，山麓筑对歌亭以为风景之点缀。

一九九二年三日十四日作

桃花源记游

隐士说荒唐，斯名竟远扬①。
云山清耳目，花露湿衣裳。
不感耕田好，但知请客忙②。
洞幽何处见，世外觅黄粱。

注：

①桃花源位于湖南常德市郊外。隐士，指陶渊明。说荒唐，指陶渊明编造的武陵渔夫游桃源洞的故事。桃花源因此而名扬千古。

②毛泽东《登庐山》诗有云：『桃花源里可耕田』，号召大跃进发展

农业生产。而今武陵人却大兴旅游业，组织桃花盛会、贸易洽谈会等，接待八方来客，获利更多。

一九九二年三月十五日作

谒蔡锷墓

韬晦出京城，挥戈指北征①。

脂胭春梦里，肠断在东瀛②。

注：

①蔡锷墓在长沙岳麓山。一九一五年，蔡锷为了不被袁世凯怀疑，故意纵酒狎妓，佯装无所作为。是年十一月，蔡锷潜出北京，于云南举旗率护国军讨伐袁世凯。

②脂胭春梦，指北京名妓小凤仙。她结识蔡锷引为英雄知己，并协助蔡锷离京。一九一六年，蔡锷在军中得病，赴日本医治无效，死

时仅三十六岁。东瀛，泛指日本。小凤仙未曾与蔡锷见得最后一面。她在挽联中曾有『萍水姻缘成一梦，桃花颜色亦千秋』云云。

一九九二年三月十日作

赠北京市教工休养院

窗明台静柳丝斜，深院幽居胜似家。
习习晨风开晓雾，苍苍暮霭望余霞。
衾柔枕软房廊暖，水美茶香饭菜佳。
更有湖光山色好，京都郊外一奇葩①。

注：

①作者在该院休息一旬，本诗作成后由书法家蔡华林写成条幅，并由李培仁治印，赠给该院。

一九九二年五月二十日作

南歌子　上海淀山湖[1]

水土培英杰，湖光育秀灵。

大观园里梦魂萦[2]，五十年来总是动乡情。

注：

①我幼年居住在淀山湖附近青浦县金泽镇。

②八十年代初，在淀山湖畔建造大观园，重现红楼梦情景。

一九九二年五月二十三日作

南歌子　安徽巢湖

漠漠蓝天覆，茫茫白浪高。

飞机颠扑客身摇，天不我亡终未葬波涛①。

注：

①常忆一九八一年某日，我从合肥飞武汉，经巢湖上空时，飞机发生故障。幸勉强返航，得免于难。

一九九二年五月二十三日作

南歌子　北京雁栖湖

十日书千页，三家共一春①。别来两载黯销魂，从此再难重聚读宏文②。

注：

①雁栖湖位于京郊怀柔县。我夫妇与王向明夫妇以及宋仁同志曾于湖滨小住，合作编书。

②岂料分手后，宋仁亡故。王向明夫妇亦接踵去世。他们竟不及看到合作编写的稿子出版成书。

一九九二年五月二十三日作

南歌子　湘西宝峰湖

水积高山顶，湖如宝镜台。
群峰奇突四周排，地僻山深得幸偶然来。

一九九二年五月二十四日作

南歌子　北京金海湖[1]

月色峦光冷，波潾柳叶垂。

离愁未已少开眉[2]，漫步湖边清露湿单衣。

注：

①金海湖位于平谷县，此地产黄金，故名。

②我的博士生陈克、王玉明先后离京出国，平日师生亲密相处，一旦分别，殊多伤感。我虽然到金海湖畔休养，但失落感久久不消。

一九九二年五月二十四日作

兰州全牛宴即席赋诗

澳门基本法起草委员会专题小组于甘肃兰州集会。二十三日晚，设全牛宴于汇丰酒家。宴未终而店家索诗。我正喝一盏汤，即时构思，汤尽而挥笔疾书一绝应之。

牵牛落汉河，化作菜肴多。

斟酒杯中满，无听牧笛歌。

一九九二年九月二十三日作

大漠行

沙舟去复还，百族舞天山①。
古道添新绿，春风度玉关。

注：

①「沙舟」，即骆驼。「百族」，指分布在我国西北的诸多少数民族。

一九九二年九月二十六日作

好事近　《香草诗词》第二卷编后

鸿雁雨花来，锦绣玉笺如织①。细读妙辞佳句，觉深情难觅。

群贤各自在天涯，交融靠诗册。万世景迁之后，有一丝痕迹。

注：

①《香草诗词》刊载香港基本法起草委员们的诗词作品。我受众人之托，负责联系诸草委委员，征集并编辑成册。在规定的期限内，委员们纷纷寄来稿件，故云『鸿雁雨花来，锦绣玉笺如织』。

一九九二年十月十四日作

赠常沙娜

有幸同机访古城，君行宛似故乡行①。

尊翁何惧荒边苦，赤手曾挥画笔耕②。

千佛洞萦亲子梦，三危山托女儿情③。

旧居犹照旧时月，云淡沙清风铎鸣④。

注：

①常沙娜，北京工艺美术学院院长（后该院并入清华大学）。古城，指敦煌。常沙娜小时候随其父居住在敦煌，今虽以澳门基本法起草委员会区旗区徽图案评审委员会委员的身份来此，但对她来说，犹

如归故乡也。

②尊翁，指常沙娜父亲常书鸿先生。常先生原籍杭州，早年留学巴黎攻读美术，后由于被敦煌艺术所吸引，决心抛弃舒适的生活，携妻子及儿女来到荒漠的戈壁滩上，接替张大千，救护并临摹敦煌壁画。而当时的国民党政府腐败，教育部不拨经费，以至敦煌研究院难以为继，工作条件极端艰苦。

③常书鸿先生为艺术而艰苦奋斗，但其妻（雕塑美术工作者）对此恶劣的环境不堪忍受，终与常书鸿先生分手，抛子撇女，不辞而别。当时常沙娜十三岁，在酒泉读书。母亲出走之后，父亲召常沙娜停学来敦煌照顾乃父及三岁的弟弟，并随父习画。本诗中『亲子梦』、

『女儿情』，说的就是这段往事。

④风铎，是悬挂在弥勒佛九层楼飞檐上的铜铃。常沙娜这次重到敦煌，特去旧居看看，只见屋宇残破，杂草丛生，耳边唯听到远处传来风铎的鸣声而已。

一九九二年十月十七日作

青海大草原

无边绿野草丰肥，满地繁花彩蝶飞。
错落毡包牛马走，羔羊牧女共依依。

一九九三年八月一日作

西宁塔尔寺

佛宇连绵化四方，开基银塔殿中央。

禅堂代有名师出[1]，正道皈依教义光。

注：

①班禅额尔德尼·确吉坚赞大师曾住塔尔寺多年。

一九九三年八月一日作

青海湖

水面居高越泰山①，时光近午月犹弯。

鳇鱼患满无人问，食料天然喂白鹇。

注：

①青海湖海拔三千一百九十六米，而泰山主峰玉皇顶海拔一千五百二十四米，故远高于泰山。又，『近午月犹弯』，是指青海地处西部，天亮较晚的意思。

一九九三年八月一日作

青海湖鸟岛

白羽茫茫翼蔽天，群飞群落舞蹁跹。

小心举足轻移步，鸟蛋随铺脚底边！

一九九三年八月一日作

湟源月色

隆突高原近太虚，临湖静寂小庐居。

微尘不染长空澈，好借银光夜读书。

一九九三年八月一日作

龙羊峡黄河源

积雪高山化水来，谷藏河道转峰回。

甘流出峡奔腾去，灌溉中原睿智开。

一九九三年八月一日作

缅甸小沙弥

佼好僧童十四余，佛堂独守上香初。
袒胸裸膊宽袍蔽，礼拜虔诚叩木鱼。

一九九三年十一月二十五日作

缅甸人妖

男儿幻变女孩身，嗓细音娇醉梦春。
颤扭舞腰终曲罢，转头偷拭白丝巾。

一九九三年十一月二十五日作

云南杂咏（十二首）

其一　昆明石林化装照相

一袭披风彩凤翔，两根雉尾仰天扬。
后妃侧侍金刀亮，画里称孤南诏王。

其二　山羊拉车

结彩玲珑似小窝，公羊拉我上山坡。
十分犟劲行犹稳，动力由来吃草萝。

其三　游大理追念林则徐

写韵楼诗慕慎翁①，吾今洱海吊林公②。

还收失地同欢日，尚待忠魂入粤中③。

注：

①慎翁，指明代杨慎。林则徐于清道光丙申年夏平息云南之回汉争端，在大理班师东归时，作了《登写韵楼诗》称颂杨慎。

②一八四七年，林则徐任云贵总督。后因病解职回乡，翌年即病逝。

③还收失地，指一九九七年将收回香港。林则徐曾任两广总督，鸦片战争后英占香港。故本诗说：回归之日应迎接林的忠魂回广东看看。

其四　大理崇圣寺三塔

梵宫已毁塔犹存，倒影湖光欲断魂。

十九峰前三鼎足，千重佛座向黄昏。

其五　大理下关万人冢

唐皇黩武远征藩，十万劳师一土墩[①]。
难得苍山头上雪，终年缟素哭游魂。

注：

①土墩，即万人冢。唐天宝年间，玄宗遣李宓、鲜于仲通率兵征南诏国，全军覆没。白居易《新丰折臂翁》诗中所述『无何天宝大征兵，户有三丁点一丁』，『应作云南望乡鬼，万人冢上哭呦呦』，即此。

其六　慈善夫人庙

凭赠铁镯认夫君[①]，以死殉情重万斤[②]。
一寸丹心书里见，当今那得几回闻？

注：

①皮逻阁欲灭五诏，乃筑松明楼，邀五位诏主赴宴，在楼上诱杀。五诏诏主之一的皮逻邓不听夫人劝阻，临行前，夫人将一铁镯带在夫君臂上而别。结果，皮逻阁火焚松明楼，五位诏主全被烧死。夫人闻讯赶到，凭铁镯认出丈夫尸体，运回安葬。

②皮逻阁得逞后，见慈善夫人貌美，欲霸占，夫人不从，自投洱海而死。后人为了纪念她而建庙。

其七　瑞丽郊外傣家姑娘

金银宝石挂叮当，脸颊敷黄脚背光。

巧驾机车挥手去，竹楼不爱爱洋房。

其八　史迪威公路①车行数日

山高路险锁云松，泸水怒江走势汹。
抗日当年军运急，眼前车货拥如蜂。

注：
①史迪威公路即滇缅公路，抗日战争时开辟，现经拓宽，为国际性交通运输动脉。

其九　畹町边镇

中缅分疆隔一桥，两边商贩各嚣嚣。
滩头幸遇售奇药，治吾难医剧痛腰。

其十　瑞丽江口岸①

话语难通意不明，缅人争攘渡舟横。
吾登船尾飘航去，江北江南异国情。

注：①渡过瑞丽江，就进入缅甸国境。

其十一　德宏州宾馆周恩来手植树

翠盖庭荫木挺坚，抚干远念忆先贤。
为施固本安边策，南北奔波人不眠。

其十二　芒市树塔相包奇景

大树根从塔底生，塔颓偎树免坍倾。
树心藏塔塔包树，恨煞离人睹此情。

一九九三年十一月二十七日作

北京戒台寺抱塔松[1]

苍鳞斑剥一棵松，伏地爬行似卧龙。
双爪前伸墙外塔，桠枝扑抱护禅宗。

注：

①卧松所抱之塔是辽代高僧法均的墓塔。

一九九四年三月四日作

北戴河全国人大干部培训中心题诗

涛声似有情，节拍伴书声。
海上云飞疾，园中月照明。

一九九四年八月十九日作

广东潮州韩愈祠

除弊无成罢玉墀，八千里路贬于兹①。
焚膏继晷精勤业，提要钩玄探索知。
祭鳄驱凶安稼穑，施教化众启愚黎。
超群卓荦时非遇，今古从来不足奇。

注：

①唐元和十四年（公元八一九年），韩愈因谏迎佛骨遭贬至潮州，路途遥远。其诗有云「一封朝奏九重天，夕贬潮州路八千」。

一九九四年十一月十五日作

咏潮州三韩

其一　韩木

祠前古木郁葱茏，茂密青枝翠叶丰。

冠盖齐天云影白，躯干挺直先生风。

其二　韩山①

斧劈三峰旷世稀，天成笔架照春菲。

紫毫握久伤中气，暂搁休闲一忘机。

注：

①韩山即笔架山。

其三 韩江

载货交流四海通，舳舻密集影朦胧。

笙歌狎妓游江艇①，消逝当年烟雨中。

注：

①旧社会韩江中多游乐的小艇，当地称『六蓬船』，现已绝迹。

一九九四年十一月十五日作

抗日战争胜利五十周年纪念

世乱仇深少小身，煎熬苦难记犹新。
妇婴活杀倭魔笑，老幼生埋尸骨湮。
救国悲歌千里彻，沙场喋血八年辛。
自强最是安全策，不管他人作犬狺①。

注：
①指对于国际上不怀好意者制造并宣传『中国威胁论』可不予理睬。

一九九五年八月十五日作

太原唐叔虞祠

戏封一叶剪梧桐[①]，祸福生灵托幼童。
历史虽然民尚足，后人难免议周公。

注：

①周成王戏以桐叶封小弱弟叔虞，周公入贺。成王说这是开玩笑。周公说天子不可戏言，就封叔虞于唐。后来柳宗元作《桐叶封弟辩》一文，议论周公。

一九九五年八月二十五日作

登山西五台山之东台

八月山阴见雪霜，登高吐气纳清凉[1]。
年逾六旬身腰健，望海峰巅送夕阳。

注：

①五台山古称清凉山，盛夏不热。山的背阴处可见冰雪。东台亦名望海峰，海拔二千七百九十五米，居五台第三位。

一九九五年八月二十七日作

吊五台山太平兴国寺遗址

五郎兵败[①]入空门，暮鼓晨钟净六根。

怎料千秋身后劫，禅宫只剩断残垣。

注：

①民间传说宋代杨家将兵败，杨五郎在五台山出家为僧。后人于太平兴国寺塑五郎像供奉。但在十年动乱中被捣毁。

一九九五年八月二十七日作

一九九五年中秋节思念诸位草委

南北星辰隔汉河，天涯共此说嫦娥。

日调精气身犹健，夜读诗书事不多。

国赖诸公添福祉，人宜大度少烦苛。

我思草委情真切，草委当知念我么？

一九九五年中秋作

悼郑伟荣

鹍啼露冷月增哀，独照君行到夜台①。
智斗英伦方策在，义谋港九福昌来。
垂成大业应无恨②，合得名声自有裁。
莫是怀才天亦妒，缘何不待主权还③。

注：

①郑伟荣，香港基本法起草委员会委员、中英联合联络小组中方代表。夜台，坟也。唐诗有云：『夜台无李白，沽酒与何人。』

②当时香港回归已成定局，故云『垂成大业』。

③郑伟荣殁于一九九五年八月十七日，距我国政府对香港恢复行使主权仅六百余天。

一九九五年九月一日作

悼陈楚①

为索新诗寄望浓，城南城北觅行踪。

谁知兄已超凡去，从此人间不再逢。

注：

①陈楚，外交部官员，是香港基本法起草委员，能诗，为人坦直。昔日他与我通信时，自称兄，呼我弟，颇亲切。

一九九五年九月二日作

韩国纪行（二首）

其一　途中

潜入云层似箭飞，机舱月洞进晨霏。

低声试说斯迷达①，空姐笑含一寸晖。

注：

斯迷达，韩语中的语气助词，用做敬语。

其二　汉城街头

楼堂拆毁①不因奢，为剔前朝旧耻瑕。

国货招来生意旺，韩人拒不驾洋车②。

注：

①韩国上下，爱国心极强烈。凡日本人占领时建造的公共建筑，一律规划拆除，以不留殖民主义痕迹。

②韩国人都购用本国生产的汽车。如果某人乘坐外国车，大家就会蔑视他。

一九九五年十月十五日作

香港纪行杂咏（十二首）

其一　应城市大学邀请赴港

我因讲学来，兼问筑诗坛。

旧雨如相见，应干酒一杯。

其二　查济民先生花园憇赵

趑行青草地，对坐小池头。

竹动观鱼跃，风吹听水流。

其三　探望金庸先生病后

寂静小楼台，院深花自开。

养生诸念摈，棋罫染尘埃。

其四　尖沙嘴大钟

经年计日新，俯视海潮平。
宝岛回归日，先鸣第一声。

其五　维多利亚海港

万吨轮如织，盈舱货物流。
财源来四海，殷富甲神州。

其六　龙鼓滩

伶仃白浪开，阔岸黑沙滩。
想见烟波里，长桥跨海来①。

注：

①规划中拟自珠海筑跨海大桥经伶仃洋到香港屯门。

其七　重九节拜山

赤子面山朝，纸钱落地烧。

先人勤拓展，今日路迢迢。

其八　登云雾山远眺

三人忽去来①，鼓舌笔生雷。

我立山巅望，云遮雾不开。

注：

①三人忽去来，指三位预委会成员到港活动。

其九　元朗老婆饼

饼热口涎生，酥柔握不成。
商人图小利，甘卖乃妻名。

其十　黄大仙

顶礼信诚真，箴签料事神。
仙乡原在浙，来港又何因？

其十一　踯躅

街头独步徐，细雨上灯初。
新友情还密，旧知半已疏。

其十二　石澳后滩

大海浩无垠，汹涛暴怒嗔。
风高飘落叶，龙女振珠鳞。

一九九五年十月二十三日作

编辑《香草诗词》第三卷随咏（二首）

其一

一生有幸再而三，逐浪推高青胜蓝。

征集编排焉觉苦，英华咀嚼是含甘。

其二

十年弹指逝云烟，新事频传喜变迁。

三卷诗词情亦史，集成分送共婵娟。

一九九六年二月十一日作

题赠黄淮海农民文化学会

春风孔圣乡，齐鲁焕容光。

岱岳钟灵秀，黄河带土芳。

镰开粮万斛，笔走字千行。

世纪更新日，繁花满大荒。

一九九六年四月二十一日

满庭芳　北京港澳中心[①]

东十桥前，二环路左，巍峙千尺高楼。敞厅精舍，游乐住餐优。多少官商旅客，自中外、纷沓来投。华灯起，晶帘剔透，豪气溢横流。

悠悠。常此处，诸贤集会，车队腾骝。共同献才能，规划春秋。更有记者拥挤，把消息发送全球。光阴迫，赤心报国，为统一宏谋。

注：

①港澳中心是北京的五星级酒店。参与有关香港、澳门回归祖国的一系列会议的人士，大都在这里活动。

一九九六年六月九日作

夜游宫　天安门广场仲夏之夜

十里长街静寂，是此处，几多陈迹。五四群英讨国贼，气如虹，势如潮，垂史册。远见光灶赤。倒计日，巨钟楼额①。香港回归剩时逼，建权威，振中华，齐努力。

注：

①香港回归倒计时巨钟高悬在天安门东面革命历史博物馆大楼门额，入夜电光红字通明，非常清晰，路人见之，无不兴奋。

一九九六年七月二十七日作

踏莎行　唐山大地震二十周年[①]

地脉崩开，天纲断裂。古城瞬息烟灰灭。
楼倾柱折一呻吟，蒸云化雨沟中血。

二十年来，人民奋发。废墟已换新都屹。
工商百业竞繁华，学童欢舞歌声沸。

注：

①一九七六年七月二十八日，唐山强烈地震，全城夷为平地，死亡二十四万多人，七千多个家庭全家死亡，重伤十六万多人，损失惨重。然而，唐山不失为华夏之灵土，民众不愧为幽燕之豪杰，二十

年来，在党的领导下奋发精神，自强不息，现在唐山不仅已经重建，而且胜过旧日之唐山。

一九九六年七月二十八日作

香港回归应和周南访伊犁诗

从来宝岛属神州，鸠夺雀巢恨与仇。

鬼佬殖民财货掠，华工建埠血脂流。

三军不发筹图胜，两制宜为统一谋。

谈笑风云收失土，邓公智勇世无俦。

一九九七年五月作

步韵和百年前黄遵宪诗

清朝末叶，中国驻日本公使黄遵宪途经香港，曾感慨写诗。诗云：『水是尧时日夏时，衣冠又是汉官仪。登楼四望真吾土，不见黄龙上大旗！』今形势已大变，香港即将收回，特步韵续古人一绝。

星移物换不同时，万国衣冠竞贺仪。
失地重归光我土，米旗降落挂红旗。

一九九七年六月九日作

步韵和前人简朝亮《香港有感》

清代名儒简朝亮鉴于英国在香港太平山升起米字旗，并改太平山名为升旗山，感而赋诗《香港有感》云：『太平山已易名新，云雨虽灵限海滨。今日升旗山上望，不知谁是落旗人？』现我步韵和诗一首作答，以慰先人在天之灵。

和平方略运筹新，国力千钧震海滨。
夷霸技穷无可望，垂头甘作降旗人。

一九九七年六月十一日作

卜算子 赠香港朋友

居港众英侨，都是亲英派。君乃堂堂中国人，怎不亲中派？

民族感情深，爱国心豪迈。偏怕亲中出了名，你说多奇怪！

一九九七年七月八日作

题北京联大纪念册

育树栽苗二十春，校园今日物华新。

京城到处逢桃李，挥汗当年忘苦辛。

一九九八年四月十日作

七事吟

清康熙年间诗人张灿《七事诗》云：『书画琴棋诗酒花，当时件件不离它。而今七事都更变，柴米油盐酱醋茶。』读后颇有感，因仿制一首以自嘲。

神烦力殚不因他，柴米油盐酱醋茶。
有日宽余身自在，琴棋书画酒诗花。

一九九八年七月二十三日作

日本京都清水寺（二首）

其一　留墨

展纸若铺霞，主人礼意加。

赵公题字在[1]，不敢乱涂鸦。

注：

①清水寺存有不少我国著名书法家赵朴初居士的墨迹。因此，我题书时不禁胆怯。

其二　斋饭

禅房净穆庄，餐室复明光。

不进荤腥食，清清豆腐汤。

一九九八年九月二日作

游东京银座有感

战后凋疲国事茫，连年黩武本元伤。
而今百业多兴盛，转获繁荣赖自强。

一九九八年九月八日作

高速干线自东京至横滨途中戏作

午时出发午时还，千里长途一瞬间。
两侧层楼看不足，高新科技重如山。

一九九八年九月八日作

云南丽江纪游（三首）

其一　玉龙雪山

银峰直插际青天，雾罩云遮貌不全。
道是东巴多逸事[①]，神奇尽与此山连。

注：

①丽江一带保留着浓厚的纳西族东巴文化。

其二　丽江古乐

霓裳古曲惜无传，今日欣听遂夙缘。
满座乐师年九旬，琵琶漫捻不松弦。

其三　女儿国

男子走婚待月圆，摩梭少女意拳拳①。
有娘无父成家族，母系宗亲一脉传。

注：

①摩梭人，少数民族，居于云南西部，迄今仍是母系社会。

一九九九年十月七日作

欢呼澳门回归

一国两制辉，濠江沐紫曦。
夷横人落泪，彼遁吾扬威。
健臂擂铜鼓，纤腰摆舞衣。
普天同庆日，九九颂回归。

一九九九年十二月八日作

题许氏宗亲族志

宇内同宗一志连，工农商学共龙年。

人人戮力强中国，争得春光照史篇。

二〇〇〇年二月六日作

重病杂咏（四首）

其一

十殿阎王急令催，持牌小鬼踏风来。

老夫自有精神在，抗不从之地府回。

其二

药瓶高吊水珠流，血管插针接吸收。

电线胶绳通体缚，漫漫长夜梦难求。

其三

病床反复不成眠，闭目吟诗亦自怜。

不度靡靡轻俗曲，苦心觅句激朝前。

其四

一百卅天但卧床，胃肠不纳半匙汤。

皮松肉萎人如鬼，瘦骨犹坚志未衰。

二〇〇〇年十一月二十八日作

住医院闻内子在家摔伤

我被留医已久时，难她日夜费心思。
忽闻平白生枝节，雪上加霜泪若丝。

二〇〇〇年十一月二十九日作

顽石

大浪淘沙卷巨澜，推波滚落野荒滩。

彩斑晶粒消磨尽，心里终藏一寸丹。

二〇〇〇年十一月三十日作

采桑子　赞飞行员王伟同志[1]

银鹰驾驭穿云疾，来去横纵。气贯长虹，

警戒强徒犯领空。

魔鸮撞我机身碎，大海波汹。淹葬英雄，

报国精忠盖世功。

注：

①数年来，美国军用侦察机频频贴近我国刺探机密情报。二〇〇一年四月一日，一架美国军用EP-3侦察机飞临我南海上空。王伟同志奉命驾战斗机腾空，监视并驱赶入侵的美机。美机竟逞凶大拐弯，

撞毁王伟座机。王伟同志落入大海，为保卫祖国而英勇捐躯。我以悲愤之心填写此词，谨表对王伟同志的敬意，并告诉后人莫忘帝国霸权之劣行。

二〇〇一年四月二十日作

印度泰姬陵

白石穹冠耀日晖①，万民膏血荐王妃②。

可怜玉殒香消地，借景招财入不菲③。

注：

①印度泰姬陵壮丽华贵，高达七十四米，被誉为世界七大建筑奇迹之一。整体用无数巨型白色大理石砌成，雕刻精细，融合了印度、伊斯兰、波斯等各种建筑风格。

②泰姬陵是莫卧儿王朝第五代皇帝沙贾汗为安葬其因难产死去的爱妻泰姬·玛哈尔而建造。工程开始于一六三一年，历时二十二载才

完成，耗尽黎民百姓的血汗。

③作为国际旅游胜地，泰姬陵每年接待三万多游客，收入不菲，估计约四百多万美元。

二〇〇四年九月十九日作

印度阿格拉古堡

连绵殿宇代相承，赭赤砂岩紫气凝①。
八角楼亭登绝顶，君王朝暮望姬陵②。

注：

①阿格拉市距新德里东南部约二百公里，乌格拉森大帝始建。十六世纪中期，莫卧儿王朝巴布林大帝攻占阿格拉，定都于此，并大加扩建。城堡以巨石筑成，呈紫红色。

②古堡中的八角塔楼是莫卧儿王朝第五代大帝沙贾汗晚年登高远望爱妻长眠地泰姬陵之处。

二〇〇四年九月二十二日

访印度泰戈尔故居（二首）

其一

白发长髯八十翁，情思万斛立言丰①。

来华曾作诗坛客，谈笑生春送暖风②。

注：

①泰戈尔（一八六一至一九四一年），印度大文豪，一生写了近两千首诗，十二部中、长篇小说，一百多部短篇小说，剧本二十多种，以及大量有关文学、哲学和政治的文章，还谱写了许多歌曲，作画近两千幅。

②泰戈尔曾两次访问中国。『五四』新文化运动时期，陈独秀、刘半农等翻译过他的诗作。徐志摩、郭沫若、冰心、林徽因等作家都曾受到泰戈尔诗风的影响。

其二

花洒千千祭大师，学堂原是旧楼池。
门徒一众传薪火，席地虔诚合唱诗。

二〇〇四年九月二十三日作

参观印度尼赫鲁纪念馆

生平足迹似长图，画出先贤建业殊。

原则五条同创立，缘何此事隐全无[1]？

注：

①一九五五年亚非会议，中印两国总理周恩来和尼赫鲁共同提倡和平共处五项原则，影响极大。但这样的大事在该纪念馆展出的尼赫鲁生平事迹中竟只字不提，令人费解。

二〇〇四年九月二十三日作

朝鲜即景（二首）

其一　平壤女交通警

肃立路当中，婷婷挺直胸。
车来挥玉腕，一律调头东！

其二　开城板门店分界线

南北边防一线间，弟兄咫尺隔重山。
哨兵直面情难诉，不敢军前露笑颜。

二〇〇四年九月二十五日作

喜卜新居自赋

家迁十九层，借助电梯登。
揽月云天近，开帘水雾凝。
诗情随梦起，韵味傍楼升。
视野千寻阔，心潮逐日增。

二〇〇五年十月十日作

北京宠物医院一瞥有感

轿车如箭急驰来，护士殷勤铁栅开。
小狗贪馋伤肚胃，主人慷慨散钱财。
千金祛病何奢甚，一手回春亦快哉。
我念远乡荒僻地，缺医少药肺心摧！

二〇〇五年四月二日作

台湾浅咏（三首）

其一　日月潭蒋介石休养地

潋滟轻波四面风，湖光官舍两相融。
斯人日暮凭栏处，万里江山一梦中。

其二　槟榔西施

纤纤巧手弄金刀，奇果勤将翠叶包。
袒露肌肤求薄利，酸风吹折小蛮腰。

其三　酬政一兄唱片见赠

六十年来白发生，感君传送旧歌声。

八千里外深沉夜，百㖸清音伴月明。

二〇〇六年一月四日作

香港回归十年大庆

十人团，老人团[1]，飞来香港满心欢。

昔时为港多劳碌，今日从容漫整冠。

感谢特区义气重，相邀共贺九州同。

但见街头人潮涌，户户旗飘映日红。

三军列队威神武，庆典庄严礼仪隆。

主席登台言辞切，百官举手誓忠诚[2]。

高歌起舞齐声唱，歌唱中华益富荣。

喜临佳节花如海，烟火腾空山欲倾。

千人盛宴厅堂暖，万国嘉宾热泪盈。
坐对丰筵忽有忆，翻思旧雨弟兄情。
吴、肖无命归西早，端木、叔文化土尘③。
独我承蒙天赐寿，年年乐度向阳春。

注：

①访港观礼团由鲁平、周南、姜恩柱、陈滋英、张浚生、郑国雄、秦文俊、朱育诚、乌兰木伦、许崇德等十人组成，平均年龄逾七十，故曰「十人团，老人团」。

②庆香港回归十年，同时举行特别行政区第三届政府宣誓就职仪式，由国家主席胡锦涛监誓并致辞。

③吴、肖，即吴建璠、肖蔚云；端木、叔文，即端木正和王叔文。四人都是法学教授、原香港特别行政区基本法起草委员会委员，已于近年先后去世。

二〇〇七年七月三日作

获吴玉章基金特等奖自贺

老来心气平，荣宠宁无惊？
雨雪经年过，诗文历岁耕。
小成藏未显，盛世察且明。
忝列名人册①，堪酬赤子情。

注：

①吴玉章基金奖分特等奖、一等奖、优秀奖三个级别，每五年评选一次，迄今已历五届。据名册登载，第一届由郭沫若、胡厚宣、吕淑湘、钱俊瑞获特等奖，第二届无人获特等奖，第三届由胡绳、王

力获特等奖，第四届由白寿彝获特等奖，第五届由周有光、许崇德获特等奖。

二〇〇七年十月三十一日作

应吴仕明索句（二首）

其一　北京重聚

濠镜飞来老友人，容光依旧昔时春。
言谈举止因何健，书画修心又养身。

其二　赞基本法序言条幅

百家京澳舞蛇龙，卷首应推圣手功。
神笔隶书风采逸，五分娟秀五分雄。

二〇〇九年六月三十日作

再赠吴仕明

炎夏草森森，怀君情意深。
投诗南海隅，翘首望回音。

二〇〇九年七月二十日作

寄青浦蒋伟国

一个闲章雾未收，两枚石印走酥油。

寒微自觉难登品，质朴天然宁可留？

二〇一〇年十二月二日作

赠潘迪

四月春光暖气融，小潘陪我坐园中①。
但看老柳层层绿，亦赏新灯串串红。
草里蛙声听断续，池边佛子②走跄匆。
常年伏案多忙碌，今日得闲一洗胸。

注：

①二〇一一年四月二十二日，潘迪陪我于八大处公园小歇。

②佛子，山僧也。

二〇一一年四月二十五日作

思乡

少小离家老不还，乡音已改鬓毛衰。
但凭笔墨传心曲，情意深深梦里来。

二〇一三年五月五日作

后记

父亲离开我们已经八年了。每当读到有关父亲的文字，他的音容笑貌就出现在脑海里，仿佛他从未离开过。

公开资料显示，父亲许崇德：著名法学家，政治学家，中国人民大学荣誉一级教授，中国宪法学泰斗等等……。作为法学专家、学者，父亲被人们熟知，但同时他还是个诗人、社会活动家。他兴趣广泛，多才多艺。在诗词、对赋、散文、小说、书法、绘画、音乐、金石等方面广有涉猎，且造诣颇深。

父亲擅长吉他，在一九五〇年八月填词《临江仙·夏日》中有「风吹千页乱，指拨六弦和」的词句，就是描述其凭窗弹琴的形象。父亲更拉得一手好二胡。在上海复旦大学上学期间，曾参与当时的国乐团在上海广播电台演出国乐（民乐）合奏节目。

他曾在香港出版散文、小说集《涓水苔痕》，挚友金庸先生作序。集子在港澳地区广受好评。

父亲的楹联对赋同样精彩。二〇〇二年，中国人民大学校园建设，在全校教师中征集对联，装饰亭廊。在有各级领导同志以及中文、新闻两大专业教师团队参与的前提下，学校选取五幅对联，父亲撰写的楹联独中两幅。

其中百家廊撰联：

苍松映画壁，邀中外诸子遨游一流学府；

翠柏绕回廊，有古今百家指点千载宏文。

对联中巧妙地嵌入了『诸子百家』四字，与『百家廊』名字契合。

双趣亭撰联：

左右成双，神工得趣，促膝谈学问；

知行统一，哲理兴亭，凭栏话春秋。

联中内藏『双趣一亭』四字，可谓十分工整巧妙。

这些才能，使他在日常工作中，受益良多。特别是成为香港、澳门基本法起草委员会委员后，面对纷繁复杂的工作环境，形形色色各类人物，他都能应对自如，游刃有余。每有各种社会活动，父亲给人的印象就是一位赋有诗人气质的高雅学者。文辞出口成章，诗句信手拈来。

父亲的文学、诗词的修养是自幼打下的深厚功底。在他幼年时，他的母亲也就是我的奶奶，在江南开办私塾，对父亲有潜移默化的教导和影响。她经常给父亲诵读挂在屋内唐代名家王勃的条幅：『虹销雨霁，彩彻云衢，落霞与孤鹜齐飞，秋水共长天一色。』她还会反复吟唱孟郊那首童谣般的古诗：『慈母手中线，游子身上衣。临行密密缝，意恐迟迟归。谁言寸草心，报得三春晖。』

在嘉兴中学上学时，父亲的语文老师盛亮夫，是清朝举人，江浙一带的名士，诗文了得。他给了父亲严格的文辞训练。以后父亲也每每提及此人，可见对他的影响之大。

在我的印象里，家中最多的东西就是书了。其中除专业书籍外，最多的就是各类古诗词的书。常年在父亲床头放着的也是这类书籍，他的闲书就是唐诗宋词。

父亲的诗词大多是自己学习、工作经历的内心感悟情感的表达，与我有些距离。但有两首词，《学军记》和《小木板歌》，记忆深刻。

『文革』期间，中国人民大学解散，父亲在江西『五七干校』下放回京后，被分配到了北京师范学院（今首都师范大学）工作。我们也从福州外婆家回到了北京。分散了数年的一家人也终于团聚了。虽然五口人居住在一间不足三十平米的小屋内，但由于父亲善良宽厚、温和乐观的性格，家庭气氛非常民主，生活很是快乐。

一天，父亲出差回来了，皮肤晒得黝黑，但精神却很好。他告诉我这次出差是带领学生去与工农兵相结合，参加军训去了。还兴奋地讲述了军训期间打靶的经历。

过几天，在家里大门边上那仅有的空墙上，挂出了父亲自作自书装裱过的《七绝・学军记》：

白发斑斑一准翁，扛枪列队笑秋风。

扳机轻扣轰雷动，点点齐飞入靶中。

那装裱粗糙的立轴，是那个年代家里除日历外的唯一装饰品。

印象中，「斑斑」、「点点」的第二个字，是分别用类似「⺀」的两个点来表示的。当时年纪小不懂，父亲就耐心解释：古人凡重叠字都不重复书写，而是用「⺀」来表示，写在偏于字的右边，「⺀」是古文中「上」的意思，是这个字跟上一个字一样。那「斑斑」、「点点」就是重叠字，所以用「⺀」书写表示。

在解释到「准翁」时，父亲打趣地说：我已经快是个小老头了。此时小屋子里充满欢声笑语。其实父亲时年才四十五岁，尚处中年。望着父亲已见花白的头发，内心飘过一丝酸楚，小小的心里感觉到父亲生活的不易和工作的辛劳。

「文革」后期，形势已趋于好转。到一九七六年粉碎「四人帮」前后，由于七五宪法刚刚颁布和参加八二宪法的修改工作，这段时间，父亲非常忙碌。那期间虽然中国人民大学已经复校，父亲恢复了职称和工作，但百废待兴，我家的居住条件并无丝毫改善。

恢复高考后，我的姊兄都要复习考试，我也要考高中，家里仅有的一张书桌就被孩子们占领了。父亲在家时，就总是静静的坐在屋子角落自制的旧木扶手简易沙发里，沙发扶手上架了一块长约四十厘米，宽不足三十厘米的小木板，这就是他的「书桌」了！他时而思考、时而运笔。仿佛生活的喧闹与他一点关系都没有，思绪完全在另一个世界。多年的基层实践经历和勤奋思考，使压抑多年的学术力量，喷涌而出，厚积薄发，撰写了大量的文章和书籍。

进入八十年代，家里居住条件改善了，父亲也有了自己的书房，再不必窝在旧沙发里写作了。三个孩子也都考上了大学。

那块小木板也终于可以光荣退休了，它被父亲亲自擦拭干净，用毛笔在小木板上书写了一首《七律·小木板歌》。然后刷上清漆，认真仔细地就像在制作一件精美的古典家具。在那个艰难的年代，父亲在与大环境的恶劣和生活艰辛的抗争中，充分体现了诗人的浪漫情怀和乐观向上的人生观。

《七律·小木板歌》

膝上平铺腕可支，弓身局促鬓成丝。

埋头走笔喧中静，绞脑寻章语出奇。
陋室五人安若素，好书几卷啖如饴。
自知德薄才疏浅，苦读凝神夜半时。

记得当时有关末尾一句和父亲还有个互动。我认为「夜半时」，应该改成「夜半思」，意为半夜还在思考。夜半时，则是看看半夜了，可能后面就是上床睡觉了，不够勤奋。父亲回答很简单：「那不实事求是。」当然，最后还是用了「夜半时」。

时光荏苒，转眼我也早过了「准翁」的年龄。面对即将出版问世的《明思集》，也填词一首续貂之作，寄托对父亲的思念。

《长相思·八年》

上八年，下八年，年月轻熄梦里牵，夜深人不眠。
心相连，意相连，连到天穹境外边，相思心也甜。

本书搜集、整理了父亲除早期失落诗词以外的毕生全部作品。据父亲自述，他早在中学时期就开始作诗填词。由于年代动荡，已无从觅得，十分遗憾。因为父亲走的突然，诗词的最后部分是由我代为整理的。

《明思集》的出版是为中国几千年的诗歌洪流补充了一滴泉水，使之汇入浩瀚的文化海洋，得以流传下去。此书出版颇费周章，在此要特别感谢纪宝成国学教育基金和中国人民大学的蒋利华老师等玉成此书。

许征天

二〇二二年 夏

图书在版编目(CIP)数据

明思集/许崇德著.—长沙:岳麓书社,2022.8

ISBN 978-7-5538-1051-5

Ⅰ.①明… Ⅱ.①许… Ⅲ.①诗词—作品集—中国—当代
Ⅳ.①I227

中国版本图书馆 CIP 数据核字(2018)第 280799 号

MINGSI JI

明思集

作　　者:许崇德
责任编辑:曾德明　王文西
责任校对:舒　舍
封面设计:风格八号

岳麓书社出版发行
地址:湖南省长沙市爱民路 47 号
直销电话:0731-88804152　0731-88885616
邮编:410006

版次:2022 年 8 月第 1 版
印次:2022 年 8 月第 1 次印刷
开本:640mm×960mm　1/16
印张:22.25
字数:224 千字
书号:ISBN 978-7-5538-1051-5
定价:48.00 元

承印:长沙市宏发印刷有限公司

如有印装质量问题,请与本社印务部联系
电话:0731-88884129